Großeltern Geschichten
Hrsg.: Nadine Buch

Über die Herausgeberin

Nadine Buch, 1976 im rheinland-pfälzischen Idar-Oberstein geboren, entdeckte auf dem Weg zum Fachabitur ihre Liebe zum Schreiben. Bisher hat sie Kurzgeschichten bei verschiedenen Verlagen veröffentlicht, zwei Anthologie-Projekte als Mitherausgeberin unterstützt sowie an einem literarischen Adventskalender für Kinder als Co-Autorin mitgewirkt. Seit einigen Jahren ist sie Mitglied bei der Autorengruppe Nahe und wurde 2017 zu einer der Preisträgerinnen des Lotto-Kunstpreises gekürt. Sie ist in einer Tierarztpraxis angestellt und entwirft regelmäßig neue Ideen in unterschiedlichen Genres. Somit durfte sie auch kurzweiligen Lesestoff in einer E-Anthologie der Verlagsgruppe Droemer Knaur unterbringen. Inzwischen hat die Autorin eigene Werke im Selfpublishing veröffentlicht. Darunter eine Novelle und mehrere Kinder- und Jugendbücher. Ihr letztes Projekt war eine Anthologie zum Thema »Tierarztgeschichten«, die sie als Herausgeberin publiziert hat.

Großeltern Geschichten

Hrsg.: Nadine Buch

© 2024 Nadine Buch
Wingertstr. 70
55743 Fischbach
Website: www.nadine-buch.de

Lektorat: Nadine Buch
Korrektorat: Tobias Weber
Cover: Dream Design – Cover and Art
Satz & Layout: Stefanie Scheurich,
Bildmaterial: freepik.com

Verlag: BoD • Books on Demand GmbH, In de Tarpen 42,
22848 Norderstedt
Druck: Libri Plureos GmbH, Friedensallee 273, 22763
Hamburg
ISBN: 978-3-7597-8677-7

Für Oma und Opa.

Inhalt

Vorwort

Das Thema »Großeltern« war und ist für mich ein ganz besonderes. Ich konnte mir bereits vor dem Start der Ausschreibung gut vorstellen, dass es vielen anderen Menschen ebenso ergeht. Sei es, da sie selbst viele Geschichten von und mit ihren Großeltern zu erzählen haben, oder aber da sie selbst Großeltern sind und aus einem breiten Fundus an Erinnerungen schöpfen können. Und genau das war ein Grund mit, das Erlebte schriftlich festhalten zu wollen: damit es nie in Vergessenheit gerät.

Als nach und nach die Beiträge eintrafen, wurde mir immer mehr bewusst, wie wichtig das Thema jedem Einzelnen ist. Neben lustigen und erheiternden Erzählungen, wurden mir auch ganz persönliche Geschichten anvertraut, die von Krieg, Flucht und Zerstörung berichteten. Wieder einmal war ich erfüllt von dem Respekt, vor jenen alten Menschen, die all dies erleben und erleiden mussten.

Nichts desto trotz, und das kenne ich auch von meinen Großeltern, lag in vielen Geschichten Hoffnung, Optimismus, Stärke, Humor und Liebe. Denn das ist es, was am Ende in unseren Herzen bleibt.

Umso schwerer fiel mir die Auswahl der Beiträge, denn jeder einzelne von ihnen war besonderen Menschen gewidmet. Leider konnte ich nur einen Bruchteil der vielen Einsendungen ins Buch aufnehmen. Ich möchte an dieser Stelle jenen Autoren danken, denn ohne sie hätte es das Buch so nicht gegeben. Aber ich möchte auch allen anderen Autoren meinen Dank aussprechen, da sie mir ihre Geschichten vorgestellt haben.

Ich wünsche Ihnen, als Leser, eine Reise in vergangene Zeiten, hin zu Menschen, die viel zu erzählen haben. Man kennt es von den eigenen Großeltern: Immer wieder berichten sie von früher, immer wieder aufs Neue – zum hundertsten Mal. Es ist wichtig. Hört ihnen zu.

Oder lest von ihnen …

Bernd Daschek

Fine

Anhand meiner Oma Fine konnte ich genau beobachten, wie das Älterwerden vonstattengeht. Nicht jetzt das Altern von Fine, nee, für Heranwachsende gilt: Alte Menschen waren, sind und bleiben alt. Da ändert sich gar nichts. Ich meine mein eigenes … Hm, wie nennt man das bei Kindern: Großwerden, Reifen? Gut, groß wird der Junge auch ohne eigenes Zutun, Reifen trifft es viel besser. Und dieser Reifungsprozess, den ich durchlebte, lässt sich am besten durch mein Verhältnis zu Fine beschreiben.

Obwohl ich als Stammhalter die besten Voraussetzungen hatte, schien meine Beziehung zu Fine von Anfang an schlecht zu sein; na, zumindest getrübt. Ein Makel meinerseits war für die sehr fromme Katholikin Fine, dass ich als Produkt aus der Verbindung mit einer protestantischen Ketzerin entstanden bin. Die Kirche selbst hatte übrigens gar nichts dagegen und machte es meiner Mutter sehr leicht, meinen Vater zu ehelichen. Keine Feuer- oder Wasserproben, nicht einmal die

Nacht in der *Eisernen Jungfrau* waren dazu notwendig. Sie musste nur versprechen, die Kinder katholisch zu erziehen, was sie dann jedoch mit Inbrunst boykottierte.

Trotzdem hätte die Religion ein Bindeglied zwischen Fine und mir sein können, denn ich war ein begeisterter Katholik. Nur leider ein völlig anderer als sie. Während Fine in ihrer ländlichen Volksfrömmigkeit, bei allem was Kirche anging, andächtig und ehrfurchtsvoll erstarrte, wollte der kleine neugierige Springinsfeld alles wissen und erfahren. Ich wäre am liebsten unter den Altar gekrochen, um mir den genau anzusehen, hätte gern das Kreuz dahinter berührt, um dem Angebeteten möglichst nahe zu sein. Nö, durfte ich nicht! Selbst meine frühe Begeisterung für Latein wurde zum Problem. Dieser göttlichen und für *normale* Gläubige gefälligst unverständlichen Sprache hatte der Junge tunlichst feierlich zu lauschen. Verstehen wollen oder gar nachsprechen, waren für Fine fast ein Frevel.

Rein intuitiv muss ich wohl schon als kleines Kind gespürt haben, dass es meine Aufgabe war, sich Fine anzunähern, wenn sie sich nicht herablassen konnte, in meine Welt einzutauchen. Anders sind meine gelegentlichen Besuche bei ihr nicht zu erklären. Denn, während sich meine andere Oma beim überraschenden Eintreffen des Lieblingsenkels ein zweites Loch wohin freute und mich mit Süßigkeiten und Aufmerksamkeit überschüttete, bekam ich bei Fine unvermittelt den Eindruck, zu stören oder gar lästig zu sein. Zwar gab es auch bei Fine Schokolade, aber nur *After Eight*, weil alles andere unter ihrem Niveau wäre. Die kindlichen Geschmacksnerven meinten jedoch, Pfefferminz passe nun gar nicht zu Schokolade. Möglicherweise erhielt mein Besuchswunsch auch hier durch meine Neugier einen zusätzlichen Antrieb, denn Fines gutbürgerliche Altbauwohnung aus der Gründerzeit fand ich echt aufregend. Da gab es eine Speisekammer, Dachböden, Kachelöfen, Erker und Stuck an der Decke. Die an eine schlichte, pseudopraktische Bauhaus-Architektur gewöhnten Kinderaugen konnten sich gar nicht sattsehen an so vielen unterschiedlichen Eindrücken. Für ein Kind die schönste Spielmöglichkeit bot ein Balkon, der um die Ecke ging und zwei Türen hatte, eine zur Stube und eine zum Wohnzimmer. Stube, Wohnzimmer, ist das nicht dasselbe? Nein, nein, die Stube war ausschließlich für den Empfang von Gästen und für Familienzusammenkünfte an Festtagen vorgesehen, blieb aber ansonsten ungenutzt. Eine traditionelle Verpflichtung, die Fine weiter pflegte. Es war der sakrale Ort des bürgerlichen Seins. Dementsprechend wurde dieser Raum gestaltet. Er enthielt alles, was als wertvoll galt, sollte die Geschichte der Familie repräsentativ darstellen, diente also sowohl als Schaufenster für fremde geladene Gäste, war aber auch eine, die Familienbande festigende Institution. Die Mystik des Raumes wurde dadurch verstärkt, dass er stets nach der täglichen Reinigung wieder verschlossen wurde. Der Schutz der Heiligtümer vor ungeschickten Kinderhänden galt dabei nur als ein nützlicher Nebeneffekt, denn selbst bei meinen Spontanbesuchen als Miniterrorist musste dieser nicht extra abgesperrt werden. Er war halt immer zu, wenn man ihn nicht für Zusammenkünfte brauchte.

Was Oma vergaß, nachdem sie den Enkel zum Spielen ins Wohnzimmer platziert hatte und sich selbst wieder in die Küche begab, war eben diese besagte zweite Balkontür. Wie selbstverständlich ging ich einfach hinüber in das Reich, welches mich wie ein Magnet anzog. Der Raum hatte sechs Wände, vier lange und zwei kurze. Architektonisch vollkommen überflüssig, weil dafür gerade Wände schräg gemacht werden mussten, funktional aber unbedingt notwendig. Zwei Langwände waren durch die Fensterfronten zum Balkon bereits belegt, die dafür sorgten, dass der Raum stets lichtdurchflutet wirkte. Die vergrößerte Wandfläche wurde für die Ikonen aus der Familiensaga benötigt, das große Bild vom Oberschlesischen Hof und den vielen kleineren zur Erinnerung an die Gefallenen. Manche Fotos der Uniformträger schienen am rechten oberen Eck wegen des einstmals vorhandenen Trauerflors heller zu sein. Das schwarze Band hatte ein Ausbleichen des Bildes an dieser Stelle verhindert. Das war Fines Reich, in dem ich ihr nah war. Und – dort war ich gern.

Manchmal ließ ich unvorsichtigerweise die Spieluhr mit der zierlichen Porzellan-Ballerina erklingen und lauschte den Melodien des Werkes aus Nagelwalze und Metallplättchen. Fine hörte das natürlich, und ich musste mich beeilen, dieser Welt wieder zu entfliehen, wenn sie nach mir rief.

Jedenfalls bewogen mich jene kurzzeitigen Annäherungen an Fines Welt dazu, Mama meine Genervtheit über ihr ständiges Schwiegermutter-Genöle kundzutun. Wobei, verstehen konnte ich sie schon. Denn Mama wurde von Fine nicht nur ihre protestantische Ketzergeburt vorgeworfen, nein, viel schlimmer war die Anklage, der Essenz des weiblichen Seins nicht zu genügen: dem Kochen. Zwar stimmte das am Anfang ihrer Ehe; so versuchte sie beispielsweise rohe Nudeln in der Pfanne weich zu braten, aber bereits bei meiner Geburt war Mama eine hervorragende Köchin. Bei Familienfeiern, besonders an Weihnachten, brach bei meiner Mutter regelrecht Panik aus. Rotkohl, nicht aus dem Glas, sondern frisch vom Kopf, alles andere hätte den schwiegermütterlichen Vorwurf des *Kultur-Bolschewismus* nach sich gezogen.

Genau an solch einem Weihnachtsfest ließ ich mich zu der unvorsichtigen Bemerkung verleiten, dass der Begriff *Mischpoke bucklige*, wie die Verwandtschaft von Fine genannt wurde, nicht, wie von ihr bekundet, oberschlesischen Ursprung habe, sondern jiddisch sei. Was sie mit ungefähr dreißig *Jesus, Maria und Joseph* quittierte. Der Höhepunkt des Generationendisputs wurde durch meine dreiste Behauptung erreicht, Jesus sei Jude gewesen. Weil ich ja wollte, dass meine liebe Oma mir folgen könne, erinnerte ich sie an die Kreuzinschrift: *Iesus Nazarenus Rex Iudaeorum* – und hatte damit schon verloren. Denn ihrem Argument, am Kreuz stünde INRI, das sei Latein und nicht dieses Zeug, welches ich zitierte, konnte ich nichts mehr entgegensetzen. Aber die Gute glaubte ja auch, Rotkohl im Glas sei eine Erfindung Lenins, und da passte die Verteufelung des inzwischen zum Marxisten mutierten Enkels prächtig. Ich glaubte fast, dass ihre Blicke mich seitdem ständig nach dem Vorhandensein der drei Sechsen absuchten. Was dies für ihre verwandtschaftliche Stellung bedeutet hätte, wollte ich ihr lieber nicht darlegen.

Genau auf dem Höhepunkt meiner rebellischen Phase übernahm mein Vater die Hausmeisterstelle eines neuen Seniorenwohnhauses. Einer der ersten Mieter: Fine.

Bereits der Umzug in ihr neues Domizil war spaßig. Hochsommer, irgendetwas jenseits der 33 Grad-Grenze, und Möbel, die durch ihre massive Bauweise Tonnen zu wiegen schienen. Als mir gerade die Spannfeder des Wohnzimmer-

Anbauwand-Schrank-Klappbettes um die Ohren flog, ich auch vor Erschöpfung nur noch Sterne sah, kam Fine in ihre neue Wohnung. Nicht zu Fuß, mein Vater und sein Bruder hatten sie auf einen Polstersessel gesetzt und trugen sie herein. Nach dem Abstellen von Oma und Sitzmöbel konnte sie sich nicht verkneifen, allen mitzuteilen, wie anstrengend doch der Umzug für sie wäre.

Da wir fortan im selben Haus wohnten, wurde aus dem eingeforderten wöchentlichen *Rapport* meines Vaters bei Fine nun ein allabendlicher. So nervig dies für Papa war, es hatte auch sein Gutes, denn an einem Abend suchte er seine Mutter vergeblich. Sie war in der vorherigen Nacht samt Bett eingeklappt worden. Er kommentierte dies uns gegenüber so, dass bei ihr wohl jetzt alles vorbei sei, denn die ungewollte Sandwichstellung habe ihr überhaupt nichts ausgemacht.

Irrtum Papa! Plötzlich ging es mit Fine erst richtig los. Von den hundert Hausbewohnern waren nur drei männlich und sehr begehrt. Einen davon schnappte sich Fine – und was für einen: Anfang 90, lebensfroh, unglaublich agil und unternehmungslustig. Fine kam raus! Und nicht nur das!

An einem Abend übernahm ich den väterlichen *Rapport* und traute meinen Augen kaum. In der Schokoladenschale lagen keine *After Eight*, sondern *merci*-Riegel. Fine meinte nur lakonisch, dass man ihr jahrelang Unsinn erzählt habe, denn das Pfefferminzzeug schmecke ja gar nicht. Bei einem erneuten Besuch von mir lief gerade ein Film über Martin Luther im Fernsehen. Als ich meinte, dass ihm die katholische Kirche viel zu verdanken habe, hätte ich mir fast auf die Zunge gebissen. Tatsächlich fiel ich aber beinahe vom Sessel und verschluckte mich am *merci*-Riegel, als von Fine kam:

»Ja, Junge, da könntest du recht haben. Es ist gut, dass du über so etwas, nein, über alles nachdenkst. Ich kann das ja nicht … Aber gut, dass du das tust!«

Viel habe ich dann nicht mehr von ihr gehört, denn wenig später schloss sie die Augen, wie es mein Vater ausdrückte. Zwar bedauerten alle ihren Tod, sprachen aber vom *gesegneten Alter* oder von *Erlösung*. Auf ihrer Beerdigung wurde ich das Gefühl nicht los, dass ich der Einzige war, der tief um den Verlust trauerte, weil ich wusste, dass bei Fine noch jede Menge hätte kommen können.

Niklas Böhringer

Vergessene Briefe

Jedes Mal, wenn mich meine Oma bat, das Altpapier in den Keller zu bringen, überkam mich ein lähmendes Gefühl, das noch Minuten andauern sollte. So auch heute.

»Timo, bringst du bitte das Altpapier in den Keller?«, bat sie mit zuckersüßer Stimme. Ich konnte einfach nicht Nein sagen. Außerdem war sie inzwischen 85, und ich wollte es ihr nicht zumuten, die steile Kellertreppe hinunterzulaufen.

»Gerne, Omi«, versicherte ich, packte den Stapel Altpapier und verschwand im Keller. Nächste Woche war endlich wieder Papiersammlung. Hier auf dem Dorf wurde es einmal im Vierteljahr von Vereinen eingesammelt, was zwar praktisch war, sich aber im Keller kistenweise altes Papier und Karton sammelte. Nicht jeder hatte so viel Platz.

»Timo, bringst du bitte den ganzen Kram nach oben? Morgen wird das Papier eingesammelt, sehe ich gerade im Kalender«, hörte ich sie rufen, als ich schon meinen Fuß auf die Kellertreppe gesetzt hatte.

Das fiel ihr aber früh ein! »Natürlich, Omi!«

»Soll ich dir helfen?«

»Keine Sorge, ich schaffe das schon.« Ich machte kehrt und schleppte die Kisten nach oben. Als ich fast fertig war, fiel mir eine kleinere Kiste auf, die ich noch nie zuvor gesehen hatte. Sie schien schon sehr lange zu stehen und in Vergessenheit geraten zu sein. Erwartungsvoll riss ich den Deckel auf. Anstatt alter Zeitungen, wie ich es vermutet hatte, blickten mir Hunderte Briefe entgegen – allesamt gut in Briefumschlägen verpackt, die schon etwas vergilbt waren. Die Neugierde packte mich, und so brachte ich diese Kiste rasch in mein Zimmer, ehe ich die übrigen Kisten auf den Gehweg stellte.

Voller Spannung düste ich ins Zimmer und räumte meine Schatzkiste aus. Bis zum Rand stapelten sich alte Briefe. Was das wohl für welche waren? Liebesbriefe? Berichte aus vergangenen Zeiten? Geheimnisse? Etwa ein Hinweis zu einem verborgenen Schatz?

Behutsam, um ihn nicht zu beschädigen, öffnete ich den ersten Umschlag. Trotz des Alters war das Papier noch gut erhalten. Als mein Blick auf das Datum fiel, stutzte ich: 1896. Diese Briefe waren über 125 Jahre alt! Nicht einmal meine Oma hatte dort schon gelebt. Sicher waren sie von ihrer Mutter oder ihrer Oma?

Bedauerlicherweise waren sie in alter Sütterlinschrift verfasst, die ich nicht lesen konnte. Also musste ich doch meiner Oma Bescheid geben. Was sie wohl zu meinem Fund sagen würde? Ob sie die Briefe überhaupt kannte?

»Was hast du da?«, erkundigte sie sich, als ich die Kiste in der Küche abstellte.

»Hast du die schon einmal gesehen?«, fragte ich sie.

»Nicht, dass ich wüsste. Was ist darin?« Neugierig fischte sie einen der Briefe heraus und öffnete ihn. »Huch, 1896? Die könnten von meiner Mutter oder sogar Großmutter stammen. Was steht darin? Hast du schon gelesen?«

»Ich kann nicht, sie sind in altdeutsch geschrieben«, klärte ich sie auf.

»Stimmt ja, diese neumodische Schrift kam erst viel später. Auch ich habe noch Sütterlin gelernt. Ein Glück, so kann ich dir vorlesen. Setz dich.«

Ich machte es mir bequem und Oma begann zu lesen. Hinter ihrer Lesebrille schienen ihre trüben Augen riesig, vor Aufregung geweitet. Fast wie ein kleines Kind, das einen lange verschollenen Schatz gefunden hatte.

»Unglaublich!«, gluckste sie. »Die Briefe sind tatsächlich von meiner Urgroßmutter Imelda, also deiner Urururgroßmutter. Ist das nicht verrückt?«

»Wirklich? Ich kann mir gar nicht vorstellen, dass unsere Familie so weit zurückreicht«, staunte ich. »Meine Urururoma …«

»Ich auch nicht. Vor allem, dass wir so in die Geschichte unserer Vorfahren eintauchen können, ist einfach großartig«, jauchzte Oma vor Freude.

»Dann los, bitte lies.« Ich hielt es vor Neugier kaum noch aus.

24. März 1896
Liebe Imelda,

ich wäre so gerne bei dir. Es zerbricht mir das Herz, so weit weg sein zu müssen. Gestern wurde unsere

20

italienische Invasionstruppe von der äthiopischen Armee
geschlagen. Unsere Reserven gehen zu Neige, und mein
Herz sehnt sich jeden Tag mehr nach dir. Ich hoffe, dir und
unserer kleinen Hilde geht es gut. Daß ich nicht dabei sein
kann, wie sie aufwächst, ist wohl der größte Schmerz, den
ich empfinde, aber es stärkt mich, um zu euch zurückzu-
kehren.

In inniger Liebe
Dein Eduardo

»Oh nein, er war im Krieg?«, stieß ich traurig aus.

Schwer seufzend blickte Oma auf. »Nicht nur er. Dein Urgroßvater und dein Großvater waren auch im Krieg. Dein Urgroßvater wurde sogar mitten im Ersten Weltkrieg geboren. Das ist so grauenvoll. Sei froh, dass du erst in der heutigen Zeit zur Welt kamst und von allem Leid nichts mitbekommen musst. Das wünsche ich niemandem. Er hat mir oft davon erzählt, und ich weinte immer. Viele schlaflose Nächte und Albträume hatte ich allein von seinen Erzählungen.« Oma sank immer mehr in sich zusammen, als sie mir davon berichtete. Vermutlich fielen ihr gerade wieder all die schrecklichen Dinge ein, die sie von ihrem Vater erfahren hatte.

05. April 1896
Liebster Eduardo,

mir und Hilde geht es gut, doch ich vermisse dich so sehr.
Wann kannst du endlich zu uns zurückkehren? Morgen

nimmt mich meine Mutter mit auf die ersten Olympischen
Spiele. Ich bin aufgeregt und freue mich, doch am liebsten
hätte ich dich an meiner Seite. Du glaubst nicht, wie
schwer es mir fällt, ohne dich zu sein. Immer bange ich, ob
dich mein Brief erreichen wird und ob du überhaupt noch
am Leben bist. Bitte, liebster Eduardo, pass auf dich auf.

Deine dich über alles liebende Imelda

»Sehr traurig«, fand ich und musste mir eine Träne verdrücken. »Ich wusste gar nicht, dass sie bei den ersten Olympischen Spielen dabei war.«

»Ich auch nicht. Oh«, freute sie sich, wobei sie mir wie ein kleines Kind vorkam, »die Briefe sind so spannend, auch wenn sie so traurig sind. Ich kann gar nicht aufhören, zu lesen. Am liebsten würde ich alle auf einmal lesen – die ganze Nacht durch.«

»Ich will sie auch alle schnellstmöglich hören«, stimmte ich ihr zu. Ich war überglücklich, diese Kiste gefunden zu haben. Und zu sehen, wie meine Oma dabei aufblühte, die Briefe zu lesen, war fast noch schöner mit anzusehen, als die Briefe selbst.

»Nur eine Sache macht mich stutzig«, fiel mir auf.

»Was denn?« Verdattert guckte mich Oma über die dicken Ränder der viel zu starken Brille an.

»Wieso hat sie die Antwort ebenfalls in der Kiste? Sollte der Brief nicht abgeschickt sein?«

»Ein sehr guter Einwand. Ich glaube, das ist nur der Entwurf. Hier hat sie nämlich viel durchgestrichen und abgeändert«, erklärte sie und zeigte mir den Brief. »Aber es ist unser Glück. So erfahren wir auch, was Imelda geschrieben hat.«

Wir lasen noch einige Briefe, und ich merkte, wie die Müdigkeit mich zu übermannen drohte. Als ich ihr den nächsten Brief gab, fiel mir sofort auf, dass es eine andere Schrift war, obwohl ich sie nicht lesen konnte.

05. Juni 1896
Hallo Imelda,

es bricht mir das Herz, daß ich es bin, der dir diese Nachricht übermittelt. Ich habe eure Briefe unter Eduardos Bett gefunden und so deine Adresse herausgefunden. Leider muss ich dir mitteilen, daß Eduardo nicht mehr bei uns ist. Ich wünsche dir und deiner Tochter alles erdenklich Gute und hoffe, in seinem Namen, daß es euch beiden gut geht. Eduardo hat viel von euch gesprochen und jeden Tag gesagt, wie sehr er euch vermisst.

Es schrieb Emilio, Eduardos Zimmergenosse
PS: Eduardos Marke liegt dem Brief bei, sodass du noch ein Andenken an ihn hast.

»Nein, wie schrecklich!«, heulte sie auf. »Ich will nicht wissen, wie grauenvoll es für Imelda gewesen sein muss, als sie diesen Brief gelesen hat.« Traurig setzte sie ihre Brille ab und wischte sich die Tränen aus den Augen. »Das … das hat sie nicht verdient.«

Mir tat es ebenfalls sehr leid, obwohl ich Imeldas Tochter nicht einmal gekannt hatte. Dennoch war allein der Gedanke daran unvorstellbar schlimm. Ich nahm Oma in den Arm, und wir trösteten uns gegenseitig.

»Ich glaube«, setzte sie an, »für heute will ich keinen Brief mehr lesen.«

Ich war ihr darum nicht böse. Mir ging es genauso. Die anfängliche Euphorie, diese Briefe gefunden zu haben, verwandelte sich in große Scham, sie gelesen zu haben. Es brach mir selbst das Herz, auch wenn es schon so viele Jahre zurücklag.

Oma fand in der Kiste die Marke, auf der Eduardos Namen stand. Ich konnte ihr ansehen, dass ihre Gesichtszüge ganz sanft und ihre Augen feucht wurden. Sie blickte mich einen Moment an, dann hängte sie sich die Kette um. Behutsam, als wäre sie zerbrechlich, strich sie darüber und schloss ihre Augen. »Damit ich ihn bei mir habe«, meinte sie. In ihrer sonst so weichen Stimme klang rau der Schmerz, der sie ergriffen hatte.

Sieglinde Schwede

Mein wunderbarer Großvater

Meine beiden Großväter waren so grundverschieden, wie Menschen nur sein können. Der eine war ein herrschsüchtiger unnahbarer Patriarch, zu dem ich bis zu seinem Lebensende keine echte Beziehung aufbauen konnte.

Der andere Großvater war ein Zauberer. Er konnte dir ein Lächeln ins Gesicht zaubern, schlechte Laune verschwand, und seine Empathie war so grenzenlos, dass ich mich als Kind in seiner Gegenwart immer willkommen, behütet und beschützt wusste.

Aber was ich erzählen will: Er konnte richtig zaubern, und ich spreche dabei nicht von Zaubertricks. Eigentlich zauberte er nur für mich. Er machte es so, dass niemand etwas merkte, aber ich profitierte davon.

Ihr wollt Beispiele hören? Bitteschön.

Ich mochte keine dicken Bohnen. Auch wenn meine Mutter mich belehrte, wie: »Sie sind sehr eiweißreich und daher sehr gesund«, oder »Nun stell dich nicht so an, ich habe dir schon extra wenig auf den Teller getan«, musste ich damals richtig würgen.

Mein Großvater, der Vater meiner Mutter, der nur zehn Minuten mit dem Fahrrad von uns entfernt wohnte und regelmäßig zum Essen zu uns kam, zwinkerte mir nur einmal kurz zu, und die dicken Bohnen verwandelten sich in Kohlrabistückchen. Sie waren genau so groß und hatten die gleiche Form wie die Bohnen, aber sie schmeckten tatsächlich nach Kohlrabi.

Ein anderes Mal, als es bei uns zum Nachtisch nur Naturjoghurt gab und er mein enttäuschtes Gesicht sah, zwinkerte er mir wieder zu, und es waren eindeutig frische Erdbeeren in dem Joghurt. Man sah sie nicht, aber ich schmeckte sie auf der Zunge und ich roch ihr frisches Aroma.

Als einmal meine Freundin Marion an der Tür klingelte, um mit mir Rollschuh zu laufen, war ich mit meinen Schulaufgaben noch nicht fertig. Meine Mutter blieb hart und wollte Marion wieder wegschicken. Bettelnd sah ich meinen Großvater an.

Er sagte versöhnlich: »Marion, komm rein, Linda ist gleich fertig.«

Zu mir flüsterte er: »Dein Füllfederhalter ist in Wirklichkeit ein Schnellschreibstift. Probier ihn aus.«

Und ich sage euch, den Aufsatz hatte ich in sieben Minuten fertig.

Es gibt unzählige Beispiele, wie er mir meinen schweren Kinderalltag erleichterte. Wenn ich als Erwachsene darüber nachdenke, bewundere ich seine Zauberkunststücke noch mehr als früher. Wie viel Einfühlungsvermögen und Psychologie braucht man, um die kleinen Kinderwünsche und Sehnsüchte zu erfüllen!

Nun könntet ihr sagen: Das ist doch Kinderkram. Konnte er nicht einen Sack Geld herzaubern? Vielleicht hätte er es gekonnt, aber was will ein Kind mit einem Sack voll Geld, wenn es weiterhin dicke Bohnen essen muss. Mir reichten die kleinen Zaubereien, sie waren viel wertvoller als Geld.

Hin und wieder erzählte mir Opa von seinen gefährlichen Abenteuern, die er mit Feen und Trollen und Elben erlebt hatte. Manchmal hielt ich den Atem an, obwohl ich absolutes Vertrauen zu Opa hatte. Würde er wieder heil aus der Geschichte herauskommen? Natürlich konnte ich zum Schluss immer beruhigt aufatmen.

Auch wenn ich manchmal Zweifel hatte, ob er die Geschichten wirklich selbst erlebt hatte, so war ich ziemlich sicher, dass er sich so etwas nicht ausdachte.

Als ich gerade zehn Jahre alt war, hörte ich Mutter im Wohnzimmer zu ihm sagen: »Lass sie auf gar keinen Fall fliegen!«

Das machte mich stutzig. Konnte er wirklich fliegen? Verbot ihm meine Mutter, mit mir zu fliegen? Das wollte ich genauer wissen. Ich ging in die Küche, wo sie bei den letzten Vorbereitungen für das Essen war.

»Mama, hat Opa für dich früher auch gezaubert?«

»Gezaubert? Wie kommst du denn darauf?«, fragte meine Mutter und schaute mich prüfend an.

»Na, zum Beispiel aus einem Füller einen Schnellschreibstift gemacht«, entgegnete ich.

Mama lächelte. »Ja, den Zaubertrick hat er bei mir auch ein paar Mal eingesetzt. Vielleicht sollte ich ihn noch einmal darum bitten, wenn ich Hefte und Klausuren korrigiere.«

Nachdenklich schaute sie aus dem Fenster und schien in einer anderen Welt zu sein.

»Kann er auch fliegen?«, fragte ich nun vorsichtig.

Abrupt schaute sie zu mir, ihre Augenbrauen zog sie dabei nach oben.

»Liebes Kind, welcher Mensch kann fliegen? Nein, Opa kann natürlich nicht fliegen«, sagte sie bestimmt.

»Aber ich habe gehört, wie du gesagt hast: Lass sie auf gar keinen Fall fliegen.« Ich blieb hart.

»Das musst du falsch verstanden haben. Ich sagte: Lass sie auf gar keinen Fall LIEGEN. Ich meinte damit seine Lesebrille, die er immer wieder verlegt. – Und nun ist genug davon. Das Essen ist gleich fertig, du kannst schon einmal den Tisch decken.«

Damit war das Gespräch für sie beendet und ich begann, das Geschirr ins Esszimmer zu tragen. Aber für mich war die Sache längst nicht erledigt. Sollte ich ihn das nächste Mal fragen? Er würde gleich zum Essen kommen, aber wenn Mama dabei ist, würde er es nicht zugeben.

Ich schrieb ihm einen Brief:

Lieber Opa,
du bist der beste Opa der Welt, und ich freue mich, dass
wir uns jeden Tag sehen können. Du hast schon so viele
wunderbare Sachen für mich gezaubert, und nun frage
ich mich, ob du wirklich fliegen kannst. Wenn ja, nimm
mich doch bitte einmal mit.
Ganz liebe Grüße
Deine Linda

Den Brief steckte ich ihm am nächsten Tag nach dem Essen zu.

Als wir tags darauf mit dem Mittagessen auf ihn warteten, verspätete er sich. Mama rief ihn an, doch er ging nicht ans Handy und nicht an sein Festnetztelefon. Wir begannen mit dem Essen, immer mit einem Auge und Ohr zur Haustür. Er kam nicht.

»Es muss etwas passiert sein«, sagte Mama, »ich fahre zu ihm.«

»Bitte nimm mich mit«, bettelte ich.

»Besser du bleibst hier, falls er doch noch kommt.«

Aber das passierte nicht, Mama kam geknickt zurück.

»Opa ist nicht zuhause, und sein Fahrrad ist weg.«

Mamas Sorgenfalte im Gesicht wurde immer tiefer. Gerade in dem Moment, als Papa heimkam, bekamen wir einen Anruf. Opa muss mit dem Fahrrad auf dem Weg zu uns gewesen sein, als ihn ein LKW erfasste. Er wurde mit schweren Verletzungen ins Krankenhaus gebracht. Wir fuhren sofort los. Papa fuhr, Mama war wie gelähmt.

Als wir in der Klinik angekommen waren, sahen wir Opa an Geräten angeschlossen im Koma liegen. Wir konnten es nicht fassen. Er war immer kerngesund und durchtrainiert gewesen, hatte keinen Schnupfen, und noch nicht einmal Corona bekommen, nun lag er hier im Bett, hilflos und abwesend. Wir weinten nur leise Tränen, weil wir nicht wussten, wie viel er von der Außenwelt mitbekam. Wir sprachen mit ihm, erzählten vom Garten, in dem alles so schön blühte, machten Pläne für die Zeit, wenn er wieder zuhause sein würde und hielten seine Hand. Als ich sie vorsichtig drückte, spürte ich einen sanften Gegendruck.

Ja, er merkt, dass ich da bin, dachte ich, er wird wieder gesund!

Es kam anders. Er wachte nicht mehr auf. Man gab uns einen Plastikbeutel mit seiner Kleidung mit nach Hause, den Mama, ohne ihn anzusehen, in den Keller trug.

Ich kann nicht beschreiben, wie groß unsere Trauer war. Anfangs stellte ich in alter Gewohnheit einen Teller auf seinen Platz. Wenn ich dann Mamas feuchte Augen sah, trug ich ihn stumm wieder zurück in die Küche. Wie vermissten wir ihn! Sein Tod kam so plötzlich und unerwartet. Was hätten wir alles noch zusammen erleben können.

Lange nach der Beerdigung, schaute ich im Keller in den Sack, nahm seine Jacke heraus und fasste in die Jackentasche. Da war noch mein Brief. Der Briefumschlag war geöffnet, also hatte Opa ihn gelesen. Ich nahm ihn mit in mein Zimmer und legte ihn unter mein Kopfkissen.

In der Nacht träumte ich von Opa. Er kam auf mich zu, breitete seine Arme aus und ich lief zu ihm.

»Heute wollen wir fliegen, magst du?«, fragte er.

Ich nickte stumm, und schon hoben wir ab. Wir drehten eine Runde über unser Haus und unseren Garten, flogen weiter Richtung Park, wo wir Hasen und Vögeln zuwinkten, stiegen auf bis zu den Wolken, wo wir die Feuchtigkeit auf dem Gesicht spürten, und drehten wieder um.

Ich wachte auf und wischte mir das Gesicht ab, es war feucht. War es von den Wolken, die wir gerade durchflogen hatten, oder waren es meine Tränen, die ich gerade weinte?

»Ich wusste es!«, sagte ich laut. »Du kannst fliegen.«

Beruhigt schloss ich die Augen, ich wusste, Opa sitzt an meinem Bett und wartet, bis ich wieder eingeschlafen war.

R. S. Wiener

Flucht aus Schlesien

Meine Großmutter väterlicherseits ist vor genau 25 Jahren im hohen Alter von 93 Jahren verstorben. Aber auch nach diesem langen Vierteljahrhundert denke ich immer noch voller Liebe an sie zurück. An ihre Freundlichkeit und an die Ruhe, welche sie ausstrahlte, an die Wärme und Güte, welche sie ihren insgesamt zehn Enkelkindern entgegenbrachte. Ebenso an ihr verschmitztes Lächeln, wenn sich die Erwachsenen auf Geburtstagsfeiern schlüpfrige Witze erzählten, die wir Kinder damals noch nicht verstanden.

Ganz besonders erinnere ich mich aber an die Geschichte ihrer dramatischen Vertreibung aus ihrer Heimat Schlesien, welche sie uns Kindern an langen und kalten Winterabenden erzählte.

Im Januar 1945 tobte noch der Zweite Weltkrieg, und mein Großvater, ein einfacher Zollbeamter, geriet in amerikanische Kriegsgefangenschaft, aus der er erst ein Jahr nach Kriegsende entlassen werden sollte. Leider ist er bereits einige Jahre vor meiner Geburt verstorben, so dass ich ihn nie kennenlernen durfte.

Meine Großmutter lebte mit ihren damals drei Kindern, von denen das jüngste gerade einmal ein Jahr alt war, in einem kleinen Bauernhaus im schlesischen Ort Lesten.

Doch gerade diese Ortschaft war als Militärdurchzugsgebiet geplant, und so verfügte der damalige Gauleiter von Lesten, mitten in der Nacht um 4:30 Uhr, dass jeder Einwohner einen Koffer packen solle und sich spätestens um 5:30 Uhr auf dem Marktplatz einzufinden hatte. So packte meine Großmutter schnell ein paar Sachen für sich, ihre Tochter und die beiden Söhne zusammen, zog vorsichtshalber sämtliche Schlüssel von den Schränken ab und steckte geistesgegenwärtig noch die wichtigsten Familiendokumente in eine kleine Tasche. Das wäre alles überhaupt nicht notwendig, meinte damals der Gauleiter, denn seiner Aussage nach, sollten alle Einwohner spätestens in zwei oder drei Wochen wieder in ihre Häuser zurückkehren können. Doch das war ein bitterer Trugschluss.

Pünktlich fand sich meine Oma mit ihren verschlafenen Kindern am Versammlungsplatz ein, doch dort ließ man sie bei eisigen Temperaturen von minus 20 Grad Celsius geschlagene vier Stunden warten. Irgendwann traf schließlich ein Pferdewagen ein, der bereits fast vollständig mit alten und kranken Menschen besetzt war. Doch darauf nahm niemand Rücksicht, und so wurde meine Großmutter, zusammen mit ihren Kindern, zwischen diesen Leuten eingepfercht. Die Fahrt zu der zehn Kilometer entfernten Bahnstation gestaltete sich absolut chaotisch, denn es gab immer wieder Unterbrechungen aufgrund verstopfter Wege und Straßen. Sämtliche

Kinder schrien und weinten die ganze Zeit über, und auch einige der Erwachsenen brachen unter der Last der Strapazen zusammen.

Erst bei Einbruch der Dämmerung trafen sie schließlich an der Bahnstation ein, wo sie in offene Güterwagen, in denen es fürchterlich stank und in denen noch Kohlendreck lag, verladen wurden.

Nachdem sämtliche Flüchtlinge untergebracht waren, setzte sich der Zug bei klirrender Kälte in Bewegung. Während der Fahrt entdeckte meine Großmutter neben den Bahngleisen weitere Pferdewagen, mit noch mehr Flüchtlingen, welche keinen Platz mehr in dem Transport bekommen hatten. Aber auch zahlreiche im Schnee liegende Leichen, von denen die meisten erfroren waren. Man ließ sie an Ort und Stelle liegen, da niemand die Zeit hatte, sie würdevoll zu begraben. Diesen schmerzlichen und traurigen Anblick würde sie ihr Lebtag nicht vergessen können, sagte sie immer.

Hungrig und durchgefroren tat sich mit zunehmender Dauer der Fahrt ein weiteres Problem auf. Alle mussten dringend auf die Toilette. Da es aber in dem Güterwagen so etwas nicht gab, verrichtete man seine kleinere und größere Notdurft in einer abgegrenzten Ecke, aus der es schon nach kurzer Zeit pestilenzartig stank.

Weit nach Mitternacht traf der Transport in einer Kleinstadt ein, welche jedoch bereits mit anderen Flüchtlingen mehr als überfüllt war. Man brachte sie und die Kinder in einem alten Kinosaal unter, in dem sie die restliche Nacht auf den Klappsitzen verbrachten. An Schlaf war nicht zu denken, da viele der Geflüchteten ihre verlorengegangenen Angehörigen suchten und der Lärmpegel dementsprechend hoch war.

Plötzlich hieß es, dass die russischen Panzerdivisionen bereits so weit vorgedrungen waren, dass sie nicht länger an diesem Ort bleiben konnten. Also wurden sie in einen weiteren Transporter verfrachtet, und die Reise ging weiter. Am nächsten Ort kamen sie, zusammen mit vielen weiteren Flüchtlingen, in einer Turnhalle unter. Für eine junge Mutter mit drei kleinen Kindern alles andere als komfortabel, aber immerhin war es hier nicht so bitterkalt, und es gab sogar fließendes Wasser, was es ihr ermöglichte, die Kinder und sich selbst ein wenig zu waschen.

Aber auch dort konnten sie nicht lange bleiben, und schon bald wurden sie weitergeschickt. Es folgte eine wahre Odyssee von einem Ort zum nächsten, bis es am Ende hieß, dass ihr Auffanglager in Halle an der Saale wäre.

Doch als sie dort ankamen, war nahezu der gesamte Bahnhof durch Bombenangriffe zerstört und die Gleise mit Leichen übersät. Meine Großmutter erinnerte sich noch, dass neben einer toten Frau ein Baby lag, welches mitleiderregend schrie. Es zerbrach ihr das Mutterherz, dass sie nicht helfen konnte, denn sie wurde von einem Kommandanten, zusammen mit den anderen Flüchtlingen, zur Eile getrieben.

Gerade als sie den Bahnhof verlassen wollten, sagte man ihnen, dass sie nicht wie geplant in das Auffanglager in Halle gehen konnten, da dort hochansteckende Krankheiten ausgebrochen wären. Sie stiegen umgehend wieder in Zug und fuhren Richtung Leipzig. Schon von weitem sahen sie über der Messestadt Feuer und Rauchsäulen aufsteigen, und die Gewissheit, dass auch der Hauptbahnhof in Leipzig dem Angriff durch Fliegerbomber zu Opfer gefallen war, stieg von Sekunde zu Sekunde.

In Leipzig ließ man sie erst gar nicht aus dem Zug aussteigen, sondern schickte sämtliche Flüchtlinge wieder zurück nach Halle, da schließlich dort ihr zugewiesenes Auffanglager sei. In dieser Nacht pendelte der Zug noch mehrfach zwischen beiden Städten hin und her, bis sich schließlich einer der Verantwortlichen in Leipzig erbarmte und alle Insassen aussteigen durften.

Die Flüchtlinge wurden auf verschiedene Schulen im gesamten Stadtgebiet, welche man als Notunterkünfte umfunktioniert hatte, verteilt. Die ehemals als Klassenzimmer genutzten Räume waren notdürftig mit Stroh und Decken ausgelegt. Weder die Decken noch das Stroh machten einen einladenden Eindruck, und man sah ihnen deutlich an, dass da bereits Dutzende Menschen vor ihnen gelegen hatten.

Die Hoffnung auf ein wenig Schlaf wurde durch den permanent einsetzenden Fliegeralarm zunichte gemacht. Zusammen mit den drei kleinen Kindern und den anderen Flüchtlingen musste sie den Luftschutzkeller aufsuchen, wo sie stundenlang auf dem bisschen Gepäck, was ihr noch geblieben war, hockte und versuchte, die Kinder zu trösten und zu beruhigen.

Nur wenige Tage darauf wurden erneut Transporte organisiert, welche die Flüchtlinge auf die umliegenden Dörfer verteilen sollten. Meine Großmutter war erleichtert, einen Platz auf einem der Pferdetransporter bekommen zu haben, da ihr jüngster Sohn aufgrund der unzureichenden hygienischen Verhältnisse in der Schule unter schlimmen Entzündungen am Unterleib litt. So kam sie schließlich, nach einer sehr entbehrungsreichen Flucht aus ihrer Heimat Schlesien, in dem kleinen Ort am westlichen Stadtrand von Leipzig an, welcher für die folgenden Jahre ihre neue Heimat werden sollte.

Hier kam sie bei einer Familie unter, die für sie und die Kinder ein freies Zimmer zur Verfügung stellten. Zwar gab es keine Heizung in dem kleinen Raum, aber immerhin zwei Betten und die Möglichkeit, warme Mahlzeiten zuzubereiten.

Wenige Tage vor Kriegsende, im Mai 1945, spannte sich die Lage noch einmal an, als plötzlich amerikanische Soldaten im Ort auftauchten. Zwar blieb alles ruhig, aber meine Großmutter musste für die Soldaten das Zimmer räumen und in die Waschküche umziehen. Bis zum Abzug der Soldaten mussten die Kinder in der Badewanne und meine Großmutter auf einem Strohsack auf dem Boden schlafen.

Nach Kriegsende durfte sie, zu ihrer Erleichterung, zurück in die kleine Wohnung, und begann, als Putzfrau zu arbeiten. Teilweise bis spät in die Nacht säuberte sie die ortsansässige Arztpraxis und Schulräume, um für sich und die Kinder etwas zum Essen und notwendige Hygieneartikel kaufen zu können.

Erst als ihr Mann, mein Großvater, aus der Kriegsgefangenschaft heimkehrte, zogen sie in eine etwas größere Mietwohnung um. Sie waren nie reich, haben aber das Beste aus ihren Lebensumständen gemacht und waren, trotz der bescheidenen Verhältnisse, glücklich.

Nachdem Großvater gestorben war, setzte der neue Eigentümer des Mietshauses alles daran, meine Großmutter aus der Wohnung zu ekeln. Ein weiteres Mal in ihrem Leben musste sie flüchten. Doch dieses Mal nur bis nach Leipzig, wo sie einen Witwer kennenlernte und für die nächsten Jahre mit ihm zusammenlebte.

Nachdem dieser verstorben war, kehrte sie schließlich mit

einigen Umwegen in das kleine Dorf zurück und lebte dort, bis zu ihrem Tod, in der Nähe ihrer Kinder, Enkel und Urenkel.

Lilly Leev

Oma und das Handy

Dezember 2007

Oma besaß nun seit zwei Jahren ein Handy. Wir alle hatten ihr lange Zeit zuvor schon damit in den Ohren gelegen, dass es für Notfälle notwendig sei, da sie draußen viel unterwegs ist. Und auch wenn Opa sie unterwegs erreichen wollte, sei so ein Handy sehr praktisch.

Zuerst wollte Oma davon nichts wissen, aber dann gab Opa ihr einfach sein altes Gerät und kaufte sich ein neues.

Die erste Zeit ließ Oma es zu Hause liegen, gab dann aber auf unser Drängen hin doch nach.

Eines Tages, an einem Silvesternachmittag, besuchte ich die beiden, und Oma überraschte mich mit der Bitte, dass ich ihr beibringen solle, wie man eine SMS schreibt.

Neugierig wie ich bin, fragte ich, woher ihr Sinneswandel käme.

»Weißt du, Erika hat auch ein Handy, und sie hat vorgeschlagen, dass wir uns einfach mal SMS schreiben. Das geht ja schneller als einen Brief zu schreiben, und wir brauchen nicht telefonieren.«

Ich schmunzelte. Oma telefonierte ungern mit ihrer Schwester, und wenn sie einen Brief schreiben wollte, schob sie es gerne vor sich her.

Sie nahm ihr Handy und schaltete es ein.

»Oma? Hast du das nicht gerade aus deiner Handtasche geholt?«

»Ja. Ich habe das doch immer mit, wenn ich einkaufen gehe.«

»Und warum ist es dann aus?«

»Na, ich will doch nicht, dass mich unterwegs jemand anruft.«

Umwerfende Logik – keine Frage.

»Oma, aber dafür ist es doch da. Und damit du schnell den Krankenwagen anrufen kannst, wenn dir mal was passiert«, sagte ich seufzend.

»Wozu denn? Mir passiert schon nichts. Und sollte ich doch mal fallen, ruft schon irgendjemand für mich einen Notarzt«, konterte sie.

»Und warum nimmst du das Handy dann mit?«

Oma dachte keine Sekunde nach, sondern antwortete, wie aus der Pistole geschossen: »Weil ihr das alle doch so wollt.«

Das ist so ein seltener Moment, in dem mir einfach nichts mehr einfällt.

Ich atmete laut aus und gab auf.

In der nächsten halben Stunde zeigte ich Oma, wie man eine SMS schreibt und versendet. Von meinem Handy schickte ich ihr eine Testnachricht.

Sie las sie vor: »Hallo Oma. Wie geht es dir?«

Sie sah mich lächelnd an und streichelte mir über den Arm. »Mir geht es gut, mein Spatz.«

Ich verschluckte mich fast an einem Keks, den ich gerade essen wollte, und musste husten. Lachen und essen gleichzeitig ist nicht zu empfehlen.

»Oma, du sollst mir doch eine SMS zurückschreiben, wie es dir geht.« Ich erholte mich langsam von dem Hustenanfall.

»Aber wieso sollte ich dir das schreiben, wenn du doch neben mir sitzt?«

Ich sagte schon, ihre Logik ist umwerfend. Was sollte man darauf noch erwidern?

»Dann schreib einfach irgendwas. Du sollst das ja üben.«

Nachdem wir uns darauf geeinigt hatten, dass sie mir einfach »Dies ist ein Test« schreiben sollte, erhielt ich tatsächlich eine Nachricht von ihr.

»Okay. Danke dir, mein Spatz. Danke für deine Geduld. Jetzt habe ich es verstanden«, sagte sie später zu mir.

Bevor ich nach Hause ging, um mich für eine Silvesterfeier fertig zu machen, konnte ich sie noch dazu überreden, das Handy ab jetzt immer einzuschalten, wenn sie unterwegs ist.

Am nächsten Tag sendete ich Oma einen Neujahrsgruß. Ich freute mich riesig, als schon eine Stunde später eine Antwort kam.

Auch die zwei darauffolgenden Tage schrieben wir SMS. In einer stand »Ich lieb dich, mein Spatz.« Auch wenn sie mir das immer wieder sagte, berührte mich diese SMS sehr.

Danach erhielt ich allerdings keine weitere mehr.

Den Grund erfuhr ich einige Tage später, als ich sie besuchte.

Ganz unverfänglich wollte ich von ihr wissen, ob sie schon mit ihrer Schwester geschrieben hat.

»Ach! Das Handy ist kaputt.«

»Wie, kaputt?« Ich war irritiert. Das Gerät war noch gar nicht alt, was sollte daran defekt sein?

»Ich habe es gegen die Wand geschmissen.«

Ich blickte zu der Wand, auf die sie zeigte. Ein paar dunkle Kratzer waren zu sehen.

»Aha ... Warum?« Mehr zu sagen, war mir in dem Augenblick nicht möglich. Ich war einfach nur fassungslos.

»Das klappt einfach nicht.«

»Was?«

»Na, dieses Schreiben?«

»Und deshalb hast du es an die Wand geschmissen? Wirklich?«

Sie zeigte mir die Reste des Handys. Es war tatsächlich kaputt.

Vorsichtig fragte ich sie, ob sie ein Neues haben wolle.

»Bloß nicht! Sonst ist irgendwann die Wand kaputt.«

Der Punkt ging wieder an Oma. Von ihr kann ich definitiv in puncto Schlagfertigkeit noch etwas lernen ...

Simone　　Hagen

Friedrich der Löwe

Illustriert von Stella Besslich

*»Laß deine Augen offen sein, geschlossen deinen Mund, und
wandle still, so werden dir geheime Dinge kund.«*

Hermann Löns

»Guten Abend, gute Nacht mit Röslein bedacht
mit Sternlein besteckt, schlüpf unter die Deck
morgen früh, wenn Gott will, wirst du wieder geweckt
morgen früh, wenn Gott will, wirst du wieder geweckt.«

Mir gefiel beim Vorsingen besonders das Ende des Refrains: *»wihihieder geweckt.«*

Er hatte die Fähigkeit, seine Stimme über mehr als zwei Oktaven hinweg zu modulieren, wenn er wollte. Manchmal brachte er mich zu Bett, so wie heute: Ausflug mit Eltern, Kindern und Großeltern. Im NSU-Prinz zum Wandern in den Wald und danach ins Restaurant. Während der Wanderung war ich müde geworden und durfte auf seinen Schultern reiten. Die Aussicht eröffnete mir eine völlig andere Perspektive, als der bodennahe Kinderblick. Über die Köpfe der Erwachsenen hinweg konnte ich einen größeren Ausschnitt der Welt sehen, der Himmel war weiter und die Wipfel der Bäume waren näher. Sogar die Luft war anders, windig und frisch. Obwohl es sehr hoch war, fühlte ich mich sicher in meiner Position. Friedrich der Löwe schien ganz im Hier und Jetzt zu sein. Sein Gang war gleichbleibend ruhig. Vielleicht hatte er das beim Marschieren gelernt. *»Wozu ist die Straße da? Zum Marschieren, zum Marschieren in die weite Welt. Wozu sind die Füße da? Zum Marschieren, zum Marschieren in die Welt ohne Geld«*, sangen wir.

Im Haus durfte ich mich auf seine dunkelbraunen Filzpantoffeln stellen. Kleine Füße auf großen Füßen. Ich hielt mich an seinen Händen fest. Meine Beine wurden in einem großen Bogen hoch und herunter bewegt. Rückwärts näherte ich mich meinem Bett.

Manchmal, wenn Friedrich der Löwe rauchte, wozu er sich mehrmals am Tag auf die Veranda zurückzog, war er in seinen Gedanken versunken wie in einer anderen Welt, zu der sonst niemand Zugang hatte. Er schaute dann mit einem abwesenden Blick weit in die Ferne, in Richtung Horizont und war für sich, selbstgenügsam und autonom. Dabei wirkte er löwenhaft majestätisch. Sprach man ihn dann an, so war es, als würde er aus einem Traum erwachen. Es haftete ihm immer ein leichter Tabakgeruch an, den ich sehr mochte.

Friedrich der Löwe hatte in seinem Leben so einiges erfahren. Er hatte Gutes und Schlechtes erlebt. Schon mit 20 Jahren hatte er Martha den Stier geheiratet und war kurz darauf Vater geworden. Mit 25 wurde er als einer der ersten Männer aus unserem Dorf zum Militär eingezogen und musste als junger Vater und Ehemann mit lauter Fremden in den Krieg ziehen.

»Musstest du im Krieg auch Menschen erschießen?« fragte ich ihn später.

»Ich war bei der Flak«, antwortete er. *»Da stand ich am Boden und habe am Himmel Flugzeuge abgeschossen. Ich habe nie das Gesicht von jemandem gesehen, den ich erschossen habe.«*

Das schien mir damals ein Privileg zu sein, im Krieg die Menschen, die man töten muss, nicht anzusehen, das Töten von Menschen in weiter Entfernung als ein Ereignis aus Lärm, Rauch und Feuer wahrzunehmen, wie in einem Videospiel. Wom!

»Hast du manchmal absichtlich danebengeschossen?«, fragte ich ihn. *»Manchmal«,* sagte er. *»Aber das konnte man nicht immer machen.«* Vermutlich hatte er das getan, wenn es ihm gar nicht mehr gelang, die tödlichen Konsequenzen seines Tuns

auszublenden. »*Die gegnerischen Piloten und wir bei der Flak haben gegeneinander gekämpft, aber wir haben uns dabei nicht gesehen.*« Die Piloten mussten ebenfalls den Menschen, die sie töteten, nicht gegenübertreten. Man tötete sich gegenseitig im Krieg, obwohl man das nicht wollte. Es war nicht freiwillig, nicht persönlich gemeint. Schreiende böse Männer hatten eine Maschine aus Hass in Gang gesetzt, die unentwegt Todesopfer forderte. Als Handwerker und Künstler hatte Friedrich ein gutes Auge, er konnte genau zielen, was ihn für den Job bei der Flugabwehr prädestinierte. Das war einfacher als vieles andere.

Es gab Fotos von ihm in Uniform. Er sah gut aus, schlank, hochgewachsen, dunkelhaarig, auf einem Pferd durch die Meeresbrandung reitend. Komisch, so hatte ich mir den Krieg gar nicht vorgestellt. »*Wo warst du damals?*« – »*Ich war auf der Krim.*«

Fragte man ihn als Kind nach dem Krieg, so hatte er die eine oder andere Anekdote zu erzählen. Zum Beispiel erzählte er von einem Weihnachtsfest an der Front.

Alle Soldaten waren traurig und sehnten sich nach ihren Frauen, ihren Kindern, ihren Familien, nach Ruhe und Frieden, nach einem Weihnachtsessen mit Braten und Rotkohl, nach einem Christbaum, nach Plätzchen, Zimtgeruch, Kerzen und Liedern. Gottverlassen saßen sie in einer Baracke an der Front. Alles um sie herum war grau, kalt und matschig.

»*Dort, wo wir damals waren, gab es keine Tannenbäume. Deshalb habe ich eine Tanne auf eine alte Sperrholzplatte gemalt und sie dann ausgesägt. Die Zweige, die Kugeln und Kerzen habe ich einfach aufgemalt. So hatten wir dann doch noch einen Tannenbaum an der Front. Wir hatten auch nicht viel zu essen, aber immerhin gab es Mehl und Apfelmus. Ich habe an dem Abend Palatschinken für die ganze Kompanie gebacken.«*

Ich stellte ihn mir in einer großen Küche vor, mit einer riesigen dampfenden Pfanne, weißem Kittel und Kochmütze. Immer, wenn der Pfannkuchen von einer Seite fertig gebraten war, warf er ihn mit der Pfanne hoch in die Luft und fing ihn wieder auf. Das hatte ich schon gesehen. Das tat er zuhause manchmal auch für mich. Die ganze Kompanie saß derweil um den Tannenbaum, den mein Opa gemalt hatte, herum und weinte, weil alle Männer solche Sehnsucht nach ihren Kindern und Frauen hatten. Als sie nach und nach mit Palatschinken versorgt worden waren, fühlten sie sich getröstet und beruhigten sich langsam. Am Ende saßen sie mit geröteten Augen andächtig unter dem gemalten Weihnachtsbaum und sangen Lieder. Dabei begleitete sie mein Opa auf der Mundharmonika: *»Stille Nacht, heilige Nacht …«* Dieses Weihnachtsfest sollte für alle, die es erlebt hatten, unvergesslich bleiben.

Eine andere Geschichte, die Friedrich der Löwe erzählte, als meine Oma einmal nicht dabei war, war die Babuschkageschichte. Eines Tages hatte er sich aus der Militärbaracke geschlichen, um bei einer Babuschka zu übernachten. Die Babuschka bereitete ihm ein schönes weiches Bett mit Bettlaken und warmen Bettdecken. Sie hatte einen Ofen im Schlafzimmer, so dass man die Nacht in Wärme und Komfort verbringen konnte. Das war ein unermesslicher Luxus, nach all den kalten Nächten in unwirtlichen Kasernen und Baracken, in denen er mit vielen anderen schnarchenden Männern zusammen auf harten Feldbetten schlafen musste.

Die Babuschka war in meiner Vorstellung eine kleine

rundliche Dame, die ein Rüschenkopftuch trug. Passend dazu war sie mit einer weißen, gestärkten Schürze bekleidet, die sich über einem weiten, samtenen Rock wölbte. Sie roch nach Veilchen und ging in kleinen tippelnden Schritten flott daher. Ihr rundliches Gesicht, mit rosa Wangen, war gütig und umsäumt von blondem lockigem Haar. Sie trug einen Krug mit Wasser mit sich herum, aus dem sie meinem Großvater etwas in eine Porzellanschüssel einschenkte, so dass er sich am Morgen waschen und rasieren konnte.

Dummerweise hatte Friedrich seine feuchten Militärstiefel, von denen er nur ein einziges Paar besaß, zu nahe neben den Ofen gestellt. Am nächsten Morgen war an einem Stiefel die Sohle verbrannt. Das war ein großes Problem, er wusste nicht, wie er so etwas seinem Feldwebel erklären sollte. In meiner Vorstellung war der Feldwebel ein strenger Lehrer mit einem Schnäuzer, er schimpfte und zeterte, wobei sich auf seiner Stirn eine tiefe Längsfalte bildete und sein Schnäuzer empört zitterte. Friedrich der Löwe verbarg seine Majestät, ließ alles still über sich ergehen und dachte an das warme Bett und die Babuschka. Letztendlich gab der Feldwebel doch ein paar neue Stiefel aus, so dass Friedrich auch weiterhin im Schnee marschieren konnte. Wie sollte das auch anders sein. Möglicherweise musste er zur Strafe wieder für die ganze Kompanie Palatschinken backen.

Eines Tages war Friedrich der Löwe auf einem Schiff gewesen. Nur wenige Meter neben dem Schiff schlug eine Bombe ins Wasser ein. An dem Tag schrieb er einen Brief an seine Frau, in dem stand: »*Heute ist mir mein Leben neu geschenkt worden.*« Martha der Stier las uns die Passage aus dem Brief immer wieder unter Tränen vor. Wir lauschten andächtig und still.

Als ich ein Teenager war, fragte ich ihn, ob er über die Konzentrationslager Bescheid gewusst hätte. Er hatte ein Lager gesehen, einen Stacheldrahtzaun, er sah Männer in gestreiften Anzügen, die ausgemergelt waren und ganz und gar erschöpft wirkten.

»Ich wusste nicht genau was für eine Art von Lager es war, aber es war erbärmlich. Als niemand hinsah, habe ich schnell meine Zigarettenschachtel über den Zaun geworfen.« Ein kurzer Blickwechsel zwischen ihm und den Gefangenen …

Die Zigaretten waren schnell verstaut. Sie konnten Leben verlängern, galten sie im Konzentrationslager doch als Währung. Ob Friedrich der Löwe das gewusst hatte?

»Während des Krieges habe ich mir eins vorgenommen. Ich sagte mir: Wenn ich hier jemals lebendig herauskomme, dann …« eine dramatische Pause. Wir warteten gespannt. *»Dann esse ich für den Rest meines Lebens jeden Tag ein Stück Rosinenkuchen.«*

Es irritierte mich immer der Refrain des Schlafliedes: *»Morgen früh, wenn Gott will, wirst du wieder geweckt.«*

Was sollte sein, wenn Gott aber nicht wollte? Würde ich dann immer weiterschlafen? Würde ich vielleicht sogar sterben?

Dennoch fühlte ich mich getröstet, denn ich wusste, dass es auf der Welt Soldaten gibt, die absichtlich danebenschießen, Babuschkas, die einem ein warmes Bett bereiten, Feldwebel, die zwar schimpfen, dann aber doch neue Stiefel herausgeben, und Friedrich den Löwen, der seine geliebten Zigaretten über Gefängnismauern warf. Im Notfall konnte man sich sogar selbst einen Weihnachtsbaum malen. Und manchmal, ganz selten, bekam man sein Leben neu geschenkt.

Denise Fiedler

Das Flüstern der Wellen

Als Kind erscheint die Welt groß und eindrucksvoll. Ein Zauber liegt auf den Orten, die durch Kinderaugen gesehen werden. Ein Zauber, der verblasst, je älter man wird – als entferne man den Filter, der aus einer grauen Landschaft ein farbenfrohes Bild schafft. Ein Ort voller Abenteuer wird zu einem trostlosen Städtchen, bevölkert von Alten, an einer Küste, die keine Postkarten kleidet. Häuser, deren Glanz und Farbe vor langer Zeit vom Wind davongetragen wurde. Ein Wind, der die Wellen gegen die Felsen schlägt. Die fauchende Gischt, die jedem ins Gesicht spuckt, der ihr zu nahekommt.

Luisa betrat die Küche. Die Dielen unter dem welken Linoleum knarzten, überdrüssig der unzähligen Schritte. Das Muster des Bodens war verblasst, an einigen Stellen sogar verschwunden. Vor dem Herd befand sich nur ein weißer Fleck.

Ein Ort voller Erinnerungen. Eine warme Hand, die durch ihre Haare strich, der Duft von Erbsensuppe, den man schon vor der Eingangstür roch. Seltsam, sie hatte Erbsensuppe nie gemocht – auch heute nicht –, doch hier hatte sie die gegessen. Lag es an der Meeresluft oder daran, dass ihre Großmutter sie zubereitet hatte.

Es ist die Liebe, die darin steckt, sagte sie zu Luisa.

Oh ja, mit Liebe und Leidenschaft, so hatte Oma gekocht. Der ganze Raum war erfüllt mit dem Klimpern des Geschirrs, dem Schlagen, Klopfen und Schneiden – dem Rascheln, wenn sie das Wasser aus den gewaschenen Kräutern schleuderte, dabei eine Melodie summte und lachte.

Heute standen keine Töpfe auf den Platten. Kein Dampf stieg auf, und das Lachen war verstummt. Nicht einmal der Duft von frisch aufgebrühtem Kaffee war geblieben. Stattdessen roch es nach altem Holz und ungewaschenen Gardinen. In den Schränken stapelten sich Dosen mit Fertiggerichten und ein Wasserkocher, sowie Instantpulver ersetzten die Kaffeemaschine.

Schranktüren, die schief in den Angeln hingen, das abgeplatzte Furnier der Arbeitsplatte – alles hatte sich verändert. Sogar der alte Mann am Küchentisch, der regungslos aus dem Fenster starrte. Nicht anders, als vor vielen Jahren, als sie kaum über die Tischkante gucken konnte. Das Haar grau, aber dicht. Das Gesicht mit den Furchen der Zeit versehen. Dennoch stimmte etwas an dem Bild nicht. Er war hier, und er war nicht hier – seine Existenz schien um wenige Millimeter verschoben. Für das Auge kaum sichtbar, und doch hatte diese Verrückung eine unüberwindbare Distanz zwischen ihnen geschaffen.

Luisa nahm eine Tasse aus dem Schrank, füllte sie mit heißem Wasser, rührte etwas von dem Instantpulver hinein und setzte sich an den Tisch.

Ihr Großvater hielt die eigene Kaffeetasse fest. Früher erschienen ihr diese Hände so groß, als sie sie in Luft warfen und wieder auffingen, sie durchs Zimmer wirbelten, bis ihr Bauch vor Lachen schmerzte. Jetzt schwappte der Kaffee über, wenn er ihn zum Mund führte. Luisa wandte den Blick ab und sah ihrerseits aus dem Fenster.

Dies war eines der wenigen Häuser mit direkter Sicht auf das Meer. Der Wind trieb eine dunkle Wolkendecke in Richtung Festland, und darunter tobte die See.

»Was machst du hier?« Seine Stimme war so grau wie die Welt da draußen. Dunkel und rau, der Klang von der salzigen Luft über die Jahre weggespült.

»Ich besuche dich. Darf ich das nicht?« Sie nahm einen Schluck aus ihrer Tasse, verzog das Gesicht und rührte noch etwas Zucker hinein, aber auch das machte aus dem Pulver keinen Kaffee.

»Das hier ist kein Ort für junge Mädchen.«

Sie lächelte freudlos und schüttelte den Kopf. Mädchen, seit Jahren nannte sie keiner mehr Mädchen.

»Für wen ist denn dieser Ort?«

»Für Fische und alte Männer.«

»Und zu was davon zählst du?«

Sein Mundwinkel zuckte leicht nach oben. »Wahrscheinlich zu beidem.«

Luisa erwiderte sein Lächeln. Der Wind pfiff ums Haus, und für eine Weile tranken sie still ihren Kaffee.

»Früher hast du mir immer Geschichten von Wesen halb Fisch, halb Mensch erzählt.«

»Das sind nicht nur Geschichten.«

»Du glaubst wirklich daran?«

»Wenn du lange Zeit an und auf dem Meer verbracht hast, weißt du, dass sie wahr sind. Manchmal triffst du einen von ihnen am Strand.«

»Woher weißt du, dass es nicht einfach ein Tourist ist, der sich bis hierhin verlaufen hat?« Ihre Frage klang spöttischer als beabsichtigt.

»Vor langer Zeit lebte ein Pastor hier. Ein Mann des Glaubens, dem es schwerfiel zu glauben. Man möchte doch denken, dass ein Mann, der sein Leben einer unsichtbaren Sache verschrieben hat, keinen Beweis benötigt, dennoch fällt es den Menschen leichter an das eine zu glauben, als an das andere.«

»Ich glaube auch nicht an Gott.«

»Woran glaubst du dann?«

»An alles, was ich sehen und berühren kann.«

»Du glaubst doch auch an die Luft, obwohl du den Sauerstoff darin nie gesehen hast.«

»Das kannst du nicht vergleichen. Das Eine ist wissenschaftlich bewiesen.«

»Also glaubst du einem fremden Wissenschaftler, was er sagt, aber mir nicht, wenn ich dir sage, ich habe einen Meermenschen gesehen?«

»Ich glaube dir, dass du glaubst einen gesehen zu haben.«

Er schnaufte und verschüttete erneut Kaffee. Luisa griff nach einem Tuch und wischte ihn auf.

»Erzähl sie mir.«

»Was soll ich erzählen?«

»Die Geschichte von dem Pastor.«

Er starrte wieder aus dem Fenster, die Stirn in Falten gelegt. *Du hast seine Augen*, hatte ihre Großmutter immer gesagt, *man sieht darin das Meer*. Doch seine See war trüb geworden. Einen Moment lang sah es aus, als weigerte er sich, aber dann fing er an, zu erzählen.

»Der Pastor war noch jung, gerade erst hierher versetzt. Jeden Nachmittag ging er am Strand spazieren und auch wenn die Dorfbewohner ihn vor Meermenschen warnten, die unvorsichtige Strandbesucher in die Tiefe zogen, ging er immer wieder zur Robbenbucht. Eines Tages vernahm er dort ein Wimmern und fand einen Jungen – gerade alt genug, um auf den Beinen zu stehen –, der sich in einem Fischernetz verfangen hatte.

Der Pastor fragte im Dorf nach den Eltern, aber als die Menschen hörten, wo er ihn gefunden hatte, bekreuzigten sie sich und flehten ihn an, den Jungen ins Meer zu werfen. Er brächte den Tod, sagten sie. Der Mann verstand die Angst nicht und nahm den Jungen mit nach Hause, wo er ihn wusch und ankleidete.«

»Warum hatten die Leute Angst?«

»Sie glaubten, der Junge sei ein Meermensch. Wer sonst geht in die Robbenbucht?«

»Der Pastor ging ebenfalls dahin.«

»Er war aber auch nicht von hier. Ich sagte ja, er war jung, und dort, wo er herkam, gab es auch diese Wissenschaft, an die du glaubst. Das Geschwätz der Dorfbewohner tat er als Aberglauben ab. Er vermutete ein Schiffsunglück, und der Junge sei ein Überlebender, also schrieb er Briefe an die

Behörden und kümmerte sich um ihn. Er kochte für ihn, doch sämtliches Gemüse verweigerte er, und auch das gegarte Fleisch spuckte er wieder aus. Der Pastor verzweifelte, da griff der Junge nach dem rohen Fisch und verspeiste ihn.«

Der Großvater sah sie an und lachte kehlig. »Genauso muss der Pastor auch geguckt haben, aber auch wenn es ihn selbst davor ekelte, brachte er dem Jungen von da an nur noch rohen Fisch mit.«

»Und doch glaubte er den Dorfbewohnern noch immer nicht?«

»Vielleicht kamen ihm da die ersten Zweifel, aber wenn er in die Augen des Jungen blickte, sah er nichts Böses, nur ein Kind, das seine Hilfe brauchte. Ein Kind, das schneller wuchs, als Kinder es tun sollten. Bereits nach einer Woche war er um eine Kopflänge gewachsen, und bald schon hatte er die Größe eines Teenagers erreicht. Mit dem Jungen wuchs auch die Zuneigung, die der Pastor für ihn empfand, und er behandelte ihn wie seinen eigenen Sohn. Während ihrer gemeinsamen Zeit sprach der Junge kein Wort, und je älter er wurde, umso öfter zog es ihn zum Wasser.

Anfangs sorgte sich der Pastor, aber er erkannte, dass er den Jungen nicht davon abhalten konnte. Also wartete er einfach jeden Abend auf dessen Rückkehr. Dann setzten sie sich vor den Kamin, und der Junge schenkte ihm Muscheln, die er gesammelt hatte.

Irgendwann wurde aus dem Jungen ein Mann, und er kehrte nicht mehr heim. Der Pastor wartete jeden Abend vergeblich, doch manchmal fand er am Morgen eine Muschel auf seiner Türschwelle liegen.«

»Aber wenn der Junge nie jemandem etwas getan hatte,

warum fürchteten sich die Menschen vor ihm oder Seinesgleichen?«

»Weil man ihn wiedersah. Jahre nach seinem Verschwinden. Obwohl er so schnell herangewachsen war, war er nicht mehr gealtert. Er klopfte eines Abends an die Tür des Pastors. Der brauchte eine Weile, bis er seine müden Knochen zur Tür bewegt hatte. Der Junge nahm ihn an die Hand und führte ihn zum Wasser, wo er ihn in die Wellen zog.«

»Also hat er ihn getötet?«

»Die Menschen glaubten es.«

»Was glaubst du?«

»Ich denke, er hat ihn nach Hause geholt.«

Luisa fand im Schuppen ein altes Damenrad. Die salzige Seeluft hatte dem Rahmen nicht gutgetan, der Sattel war verschlissen, aber die Reifen hatten genug Luft, um damit in den Ort zu fahren.

Sie folgte dem Deich. Außer ein paar gelangweilte Schafe traf sie niemanden. Hier gab es weder Haupt- noch Nebensaison, keine Touristeninformation, geschweige denn gepflegte Radwege. Das Ende der Welt, nannte es ihre Mutter. Nichts hätte die lebenslustige Frau hier gehalten. Früher verstand Luisa es nicht, aber je mehr leerstehende Häuser sie passierte, umso mehr empfand sie wie ihre Mutter. Dies war nicht nur das Ende, man hatte den Ort vergessen. Es gab weder Bäcker noch Metzger, kein Café, in dem die Leute sich trafen – nur einen kleinen Discounter. Ein dreckiger Betonklotz mit einem leeren Parkplatz.

Ein Ort für Fische und alte Männer. Luisas Mutter hatte ihren Großvater angefleht, wegzuziehen. In die Nähe seiner

Familie. *Klippen stürzen ins Meer, ziehen aber niemals weg,* waren die letzten Worte, die er an sie richtete.

Luisa kaufte nur das Nötigste – es gab auch nicht mehr –, dann stieg sie wieder auf das Fahrrad.

Diesmal wählte sie eine andere Route. An der Robbenbucht vorbei. Trotz Schal biss ihr der Wind ins Gesicht, und die Hände krampften um die Lenkergriffe. Sie erreichte die Klippen. Wellen schlugen gegen die spitzen Felsen, die aus dem Wasser ragten. Eine brüllende Bestie auf der Suche nach einem Opfer.

Luisa lief bis zum Rand, um hinunter in die Bucht zu sehen. Zwei Männer standen nahe der spritzenden Gischt. Die Jacke des einen, sowie die große Statur kannte sie nur zu gut. Ihr Großvater überragte den anderen um eine Kopflänge, dennoch wirkte er fast gebrechlich neben ihm. Nicht körperlich – der Fremde schien nicht kräftiger als jeder Durchschnittsmann –, es war eine Aura, die ihn umhüllte wie sein langer schwarzer Mantel. Sie jagte kalte Spinnenbeine über Luisas Wirbelsäule. Es war das Gefühl, das einen bei Dunkelheit überkam, wenn der Verstand sich gegen uralte Instinkte wehrte. Das Wissen, dass die Monster nicht existierten, doch der Körper wappnete sich vor den scharfen Zähnen und den langen Klauen. Luisas Körper reagierte, obwohl eine Stimme im Kopf rief, dass die Männer nur nebeneinanderstünden, übernahm ein anderer Teil ihres Gehirns die Kontrolle und pumpte das Adrenalin durch ihre Blutbahn. Sie lief den steinigen Pfad hinunter, schlitterte, fing das Gleichgewicht und rannte weiter. Für einen Moment verlor sie die beiden aus den Augen, und als sie am Strand ankam, stand nur der Fremde dort. Der Wind fraß sich durch ihre Kleidung und umgriff mit kalter Klaue ihren Brustkorb.

»Wo ist mein Opa?« Ihre Stimme überschlug sich. »Wo ist er?«

Der Fremde drehte sich zu ihr um. Sein Haar war weder braun noch schwarz, es glich eher der Farbe von angespültem Seetang. Es ließ sein fahles Gesicht blasser wirken. Luisa kniff die Augen wegen dem Wind zusammen, er aber hielt seine weit offen. Er blinzelte nicht. Warum blinzelte er nicht? Sein Blick fesselte sie. Ein Reh im Scheinwerferlicht – die Gefahr spürend, doch nicht in der Lage zu fliehen. Sie durfte kein Reh sein!

»Wo ist er?«, wiederholte sie und ballte die Hände zu Fäusten.

Der Fremde legte den Kopf schief, eine Geste, die ihm etwas Raubtierhaftes verlieh.

»Er ist nach Hause gegangen.« Seine Stimme war dunkel – Luisa schrie gegen Wind und Brandung an – er erhob sie nicht einmal. Die Klaue um ihren Brustkorb drückte zu. Es gab nur den einen Weg, und den war sie heruntergerannt …

»Was soll das bedeuten?«

Statt einer Antwort sah er die Klippen hoch, sie folgte seinem Blick. Was zum …? Ihr Großvater lief den Pfad entlang, den sie mit dem Fahrrad genommen hatte. Er sah nicht einmal herunter in die Bucht. Hatte sie sich geirrt, und es gab einen anderen Weg hinauf? Der Blick des Mannes bohrte sich in ihren Nacken. Trotz der Kälte glühten ihre Wangen. Warum hatte sie so überreagiert, als sie ihn mit ihrem Opa gesehen hatte? Es lag an den Geschichten, die man ihr über diese Bucht erzählt hatte – Meermenschen, die achtlose

Strandbesucher in die Tiefe zogen … Sie drehte sich um und setze zu einer Entschuldigung an, doch der Fremde war verschwunden.

Verdammt, sie brauchte dringend einen Kaffee. Einen richtigen.

Ihr Großvater starrte aus dem Fenster, die Hände um die Kaffeetasse gelegt. Luisa stocherte in ihrem Essen rum.

»Ich habe dich heute in der Robbenbucht gesehen.«

»Ich gehe öfter am Strand spazieren.«

»Wer war der Mann bei dir?« Hier in dem beheizten Zimmer erschien ihre Panik in der Bucht übertrieben. Der Fremde war seltsam, aber nur ein Mann. Kein Ungeheuer, das ihren Opa bedrohte. Was war nur losgewesen mit ihr?

»Ich nenne ihn nur Junge.«

»Kennst du ihn gut?« Kein Ungeheuer, aber ein Fremder – ihre Sorge war berechtigt.

»Was kümmert es dich? Ich bin kein Kind, dem man hinterherspioniert!«

»Ich mache mir Sorgen um dich! Du solltest alleine nicht so weit laufen. Immerhin warst du es, der mir immer wieder Horrorgeschichten von dieser Bucht erzählt hat!«

»Ich gehe länger dort spazieren, als es dich gibt.«

»Du sagst es, du bist nicht mehr der Jüngste. Du hast nicht einmal ein Handy, mit dem du Hilfe rufen könntest, falls etwas passiert.«

»Ich brauche kein Handy. Früher nicht und heute auch nicht!«

Luisa verdrehte die Augen. Warum war er so schwierig? Seit sie hier ankam, verhielt er sich abweisend. Es gab nur wenige Momente, in denen sie ihren Opa von damals erkannte. Wenn er den starren Blick vom Fenster löste und sie ansah. Sah er dann das kleine Mädchen, das er abends zudeckte, mit dem er Mobiles aus Muscheln bastelte, bis die Erkenntnis kam, dass dieses Mädchen fort war und Luisa zurückgelassen hatte.

Sie stand auf, nahm ihren Teller und leerte die Reste über dem Mülleimer. Sie war es müde, zu streiten.

»Warum kannst du dich nicht freuen, dass ich hier bin?«

»Weil du nicht meinetwegen hier bist. Du bist hier, weil du etwas suchst. Aber an diesem Ort wirst du es nicht finden. Die Vergangenheit ist ein gelesenes Buch, dessen Buchdeckel zugeklappt sind.«

»Es gibt Klassiker, die kann man immer wieder lesen.«

»Nicht die Vergangenheit. Du warst als Kind glücklich hier, aber dieses Glück ist vorbei, es wird auch nicht wiederkommen, weil du dich verändert hast.«

»Und wo soll ich es stattdessen suchen?«

»Dieses Glück kannst du nicht finden. Es kommt zu dir, wenn du dich dafür öffnest.«

»Glaubst du, Oma war glücklich hier?«

»Warum glaubst du, dass sie es nicht gewesen war?«

»Weil sie nie etwas anderes gesehen hatte. Sie war immer nur hier.«

»Sie musste nicht fortgehen, um sich selbst zu finden. Manchmal war die See stürmisch, die Zeiten schwer – als deine Mutter fortging … Doch irgendwann beruhigt sich das Meer wieder. Manchmal, wenn die Sonne die Wasseroberfläche trifft, sieht es aus, als wären Meer und Strand eins, und es scheint, als könne man über das Wasser laufen. Deine Oma hat es geliebt, über das Wasser zu laufen.«

Luisa starrte an die dunkle Zimmerdecke und lauschte den Wellen. Ihr Großvater hatte recht. Sie war nicht seinetwegen hier. Es war nur ein Vorwand. Eine Flucht. Aber wovor?

So viele schöne Erinnerungen. Jetzt war dieser Ort grau. Das Zuhause ihrer Oma, niemals das ihrer Mutter, und ihres auch nicht.

Ihr Opa? Jeden Tag starrte er aus dem Fenster. Den Blick auf etwas geheftet, das sie nicht sah.

»Hörst du die Wellen flüstern? Sie rufen nach mir«, hatte er gesagt.

Sie konnten seinen Körper fortbringen. Farbenpracht gegen graue See. Vogelgezwitscher statt Meeresgeflüster. Was war mit seiner Seele? Ließ sie sich bewegen oder hing sie für immer an den scharfkantigen Klippen der Robbenbucht fest?

Sie stand auf, zog sich Hausschuhe an und stieg die Treppe zur Küche hinab. Der Gestank von brackigem Wasser und Fisch schlug ihr entgegen. Sie drückte den Ärmel ihres Schlafanzuges vor die Nase und betrat den Raum. Von dem Fenster hob sich eine dunkle Silhouette ab. Ein Mann, eingehüllt in einem langen Mantel. Seine Stimme war unangenehm sanft. »Hörst du die Wellen flüstern? Sie rufen nach ihm.«

Luisa schlug mit der Faust nach dem Lichtschalter. Die Lampe blendete und sie kniff die Augen zusammen. Als sie sie wieder öffnete, war die Küche leer, und es roch nach altem Holz und ungewaschenen Gardinen.

Instantpulver und Kaffeeweißer. Luisa rümpfte die Nase. Keine gute Mischung gegen schlechte Träume. Sie kippte den letzten Schluck in den Abfluss, dann zog sie ihre Jacke über und trat vors Haus.

Ihr Großvater saß auf der Bank neben der Tür, den Blick wie üblich aufs Wasser gerichtet. Schweigend setzte sie sich zu ihm.

Langsam rollten Wellen auf den Strand zu. Ein paar Möwen flogen kreischend ihre Kreise, andere pickten den Sand auf.

Hier hatte er ihr die Geschichte von der blinden Fischertochter erzählt, die von ihrem blassen Bräutigam in die Wellen geführt wurde. Oma backte Kuchen aus den Äpfeln, die sie zuvor gepflückt hatten.

So viele Erinnerungen. Was, wenn sie diese vergaß, sobald sie die Buchdeckel schloss?

»Ich bin froh, dass du hier bist«, unterbrach er die Stille. »Auch wenn du nicht hier sein solltest, bin ich froh darüber.«

»An diesem Ort fühle ich mich euch so nah – dir und Oma …«

»Die Vergangenheit in Erinnerung zu behalten oder nicht loslassen zu können sind unterschiedliche Dinge.«

Luisa kämpfte gegen die Tränen an, die in ihren Augen brannten.

»Die Wellen flüstern, sie rufen mich.«

»Ich weiß, aber es ist schwer loszulassen.«

Er nickte und drückte ihre Hand. Sie fröstelte unter seiner Berührung, zog sie aber nicht weg. So oft hatte er sie in die Luft geworfen, bis ihr Bauch vor Lachen schmerzte. Hatte mit ihr Mobiles aus Muscheln gebastelt und Geschichten von den Meermenschen erzählt. So viel Glück an einem Ort, der keine Postkarten ziert.

»Lass uns spazieren gehen.«

»Wohin gehen wir?«

»Zur Robbenbucht.«

Diesmal nahm sie nicht das Fahrrad. Sie liefen gemeinsam den Weg entlang – die kleine Luisa war immer vorgelaufen – heute blieb sie neben ihm.

Die Bucht kam in Sicht, sie zögerte, doch ihr Opa lächelte ihr aufmunternd zu.

Der Mann namens Junge wartete bereits. Sein langer Mantel flatterte im Wind, und hinter ihm spuckte die Gischt. Als sie näherkamen, streckte er seine Hand aus.

Christa Reusch

Oma ist die Beste

Annegret stieg aus dem Bus. Schnaufend klemmte sie sich das Paket unter den Arm, an dem bereits die Handtasche baumelte. Mit der anderen Hand wischte sie den Schweiß von der Stirn. Es war schwül. Das nächste Gewitter würde nicht lange auf sich warten lassen. Je älter sie wurde, desto mehr machten ihr Wetterumschwünge zu schaffen.

Sie überquerte die Straße und marschierte in Richtung der Hochhäuser. In einem davon wohnte Max. Sie kniff die Augen zusammen und suchte das Haus mit der Nummer 45.

Warum musste er auch ans andere Ende der Stadt ziehen? Die Antwort lag auf der Hand: Weil er nur hier eine Wohnung gefunden hatte. Eine bezahlbare Wohnung.

Sie legte den Kopf in den Nacken, betrachtete das hohe Gebäude. Hoffentlich funktionierte der Aufzug. Rechts neben dem Eingang standen ein paar Fliederbüsche, davor zwei Bänke. Seufzend ließ Annegret sich auf einer nieder. Eine kurze Rast musste drin sein. Schließlich hatte Max »ab zwanzig Uhr« gesagt.

Nur nicht festlegen. Aber so war die Jugend. Das war früher anders. Sie hatten anfangs noch nicht mal ein Telefon gehabt. Verabredungen traf man mündlich und hielt sich an die ausgemachte Zeit. Nicht wie heutzutage, wo die vereinbarte Zeit per Handy minütlich geändert wurde.

»Es ist, wie es ist!«, lautete das Lebensmotto ihrer Großmutter. Da war was Wahres dran.

Annegret hatte sich mächtig gefreut, dass Max sie zu seiner Einweihungsparty eingeladen hatte. Ihre Finger strichen das bunte Geschenkpapier glatt. Man wollte ja nicht mit leeren Händen kommen. Sie hatte ihn gefragt, ob er noch etwas für den Haushalt brauchen würde. Dafür war sie letzte Woche extra in die Stadt gefahren. Zum Kustermann. Ein Traditionshaus. Da gab es alles. Alles rund um den Haushalt. Sie drückte sich ächzend von der Bank hoch. Konnten die Sitzflächen nicht eben sein? Nein, nach hinten abfallend war Mode. »Sehr unpraktisch«, murmelte sie, hängte sich die Handtasche in die Armbeuge und nahm das Geschenk.

Stimmen lenkten sie von ihren Gedanken ab.

»… am besten später.«

»Jupp! Wenn alle dicht sind. Aber, wenn die uns erwischen? Alter, ich hab keinen Bock auf Ärger.«

»Hat doch schon mal geklappt. Dem Maxi kanns wurscht sein. Sein Alter is bei einer Bank. Die haben Kohle ohne Ende."

Annegret runzelte die Stirn. Meinten die ihren Max? War von ihrem Schwiegersohn die Rede? Der war Filialleiter bei der Stadtsparkasse.

Sie spähte durch die Fliederzweige. Aber sie konnte nur zwei dunkel gekleidete Gestalten erkennen. Einer hatte neonfarbene Turnschuhe an.

Ein Regentropfen platschte auf das Geschenkpapier.

»Scheißwetter!«, fluchte einer der beiden. »Das soll Sommer sein?«

»Los, Alter. Let's go Party.«

Annegret ging um die Büsche herum, sah zwei Burschen, wie sie im Haus verschwanden. Sie stieg die Stufen zum Eingang hinauf, und in dem Moment, als sie die vor der Tür stand, fiel diese mit einem leisen Klicken ins Schloss. Sie kniff die Augen zusammen und betrachtete das Klingelbrett. Eigentlich bräuchte sie ihre Lesebrille, aber die war in der Handtasche. »Suchen Sie jemanden?«

Annegret drehte sich um. Hinter ihr stand eine junge Frau mit einem Kleinkind auf dem Arm. Annegret nickte. »Meinen Enkel«, erklärte sie. »Er wohnt seit Mai hier, und gibt heute eine kleine Einweihungsparty.«

»Wie heißt denn Ihr Enkel?«

»Max. Maximilian Schubert.«

»Ah, der Maxi. Den kenn ich. Netter Bursche.« Die junge Frau lächelte. »Der hält mir immer die Tür auf, wenn ich mit dem Kinderwagen rein oder raus muss.« Sie setzte sich das Kind auf die linke Hüfte, zog einen Schlüssel aus der Jeans und sperrte auf. »Bitte«, sagte sie und ließ Annegret den Vortritt.

»Sehr freundlich. Danke.«

»Der Aufzug ist gleich links«, sagte die junge Mutter und deutete mit einem Kopfnicken nach vorn. »Sie müssen ganz hoch.«

Annegret stellte erleichtert fest, dass der Aufzug auch wirklich fuhr. Im zehnten Stock musste sie keine Namensschilder lesen. Vor der hintersten Wohnungstür standen bestimmt zehn Paar Schuhe. Auch neonfarbene Turnschuhe.

Sie klingelte.

Max öffnete. »Oma!«, rief er und strahlte sie an. »Das ist ja cool, dass du wirklich gekommen bist.«

Er umarmte sie, was ein bisschen schwierig war. Sie hielt ihm das Geschenk hin. »Herzlichen Glückwunsch zur eigenen Wohnung.«

»Nur gemietet.«

»Das ist der erste Schritt in die Selbstständigkeit.«

»Komm erst mal rein. Und danke.« Neugierig befühlte er das Geschenk. »Ach Oma. Du kannst deine Schuhe natürlich anlassen.« Er grinste.

Sie nickte dankbar. Schuhe an- und ausziehen wurde immer mühsamer. Auch wenn sie fast nur noch Schuhe mit Klettverschluss besaß.

Von einem quadratischen Eingangsbereich gingen drei Türen ab. »Das ist der Flur«, sagte er. Der schwarze Garderobenständer war kaum zu erkennen, unter den vielen Jacken. Auf dem Boden standen Rucksäcke und Taschen. Sicher von den Gästen.

»Hier ist das Bad, meine Mini-Küche und das Wohn- und Schlafzimmer«, beendete er die knappe Wohnungsbesichtigung.

»He, Leute!«, rief er und schob Annegret ins Wohnzimmer. »Das ist meine Oma.«

Die ausschließlich jungen Leute hoben grüßend die Hand oder nickten lediglich. Annegret betrachtete vor allem die männlichen Besucher genauer. Alle trugen blaue oder schwarze Jeans und dunkle Kapuzenpullis. Einheitskluft.

»Ist leider ein bisschen eng«, entschuldigte sich Max und machte ein Zeichen mit der Hand. Darauf erhoben sich zwei junge Frauen vom Sofa, der einzigen Sitzgelegenheit im Raum. Annegret nahm Platz und stellte die Handtasche auf den Schoß.

Max ließ sich im Schneidersitz auf dem Boden nieder. »Mal schaun, was da drin ist.« Er riss das Geschenkpapier auf und stutzte. »Das ist … das ist …«

»Ein Tablett.« Zufrieden betrachtete Annegret ihre Wahl. »Melaminbeschichtet und bruchfest. Ich hoffe, schwarz ist okay. Der Verkäufer meinte, das wäre zeitlos. Er hat mir auch von einem aus Holz abgeraten. Das hätte mir persönlich besser gefallen.«

Die jungen Leute, die sich um Max geschart hatten, sahen sich an, dann brachen sie in Gelächter aus.

Annegret überlegte. Was war an einem Tablett so lustig?

Max wischte sich Lachtränen aus dem Gesicht und sprang auf die Beine. Er lehnte das Tablett an den winzigen Couchtisch und gab ihr einen Kuss auf die Wange. »Tablet«, sagte er. »Oma, ich wollte ein Tablet, kein Tablett. Mein altes Tablet hab ich verloren.«

Ihr fiel die Unterhaltung vor dem Haus ein. »Wann genau?«, fragte sie.

Er überlegte. Eine steile Falte bildete sich auf seiner Stirn. »Vor ungefähr zwei Wochen. Da waren wir alle bei der Steffi zum Spieleabend. Da hatte ich es noch.«

»Stimmt. Da wart ihr alle bei mir«, sagte eine der jungen Frauen, die für Annegret ihren Platz geräumt hatte. »Ich wohn bei meinen Eltern«, erklärte sie.

»Ist außer deinem Tablet noch was verschwunden?«, erkundigte sich Annegret.

»Ja«, antwortete Steffi. »Jetzt wo Sie's sagen. Meine Eltern vermissen ein Notebook. Warum fragen Sie das?«

Max fasste Annegrets Hände. »Oma, weißt du was, was wir nicht wissen?«

»Ja, vielleicht.« Sie krümmte den Zeigefinger und Max beugte sich zu ihr hinunter. »Sag deinen Gästen, sie sollen ihre Schuhe holen.«

Erstaunt sah er sie an. »Sie sollen was?«

»Vertrau mir.« Sie wedelte mit den Händen. »Los.«

Er stand auf. »Leute, ihr habt's gehört. Holt mal bitte jeder seine Schuhe.« Er drehte sich zu ihr um. »Anziehen?«

»Nein, nein. Nur holen. Und nur die Jungs.«

»Die spinnt doch, die Alte«, hörte sie irgendjemanden murmeln.

Zwei Minuten später standen sie mit den Schuhen in der Hand im Wohnzimmer. Elf Augenpaare sahen Annegret neugierig an.

Sie deutete auf den jungen Mann mit den neonfarbenen Turnschuhen in der Hand. »Frag ihn, wo dein altes Tablet geblieben ist, und ich möchte wetten, dass auch Steffis Eltern ihr Eigentum bei ihm wiederfinden werden.«

»Tom?« Max sah ihn an. »Hat sie recht? Verdammt, sag was.«

»Was für eine gequirlte Scheiße!«, rief Tom.

»Scheiße!«, entfuhr es einem anderen. »Ich hab doch gesagt, wir sollen das lassen. Fuck.«

Annegret runzelte die Stirn. Diese Ausdrucksweise gefiel ihr überhaupt nicht. Aber jetzt war nicht der richtige Zeit-

punkt, um darauf hinzuweisen. »Sie beide«, sagte sie stattdessen, »beklauen ihre Freunde oder deren Eltern. Schämen
Sie sich nicht?«

»Trifft ja keine Armen«, entgegnete Tom achselzuckend.
Er packte seinen Kumpel am Ärmel. »Komm, Alter. Wir gehen. Scheißparty.«

»Ihr bleibt hier.« Max stellte sich ihnen in den Weg. Tom
holte mit dem Ellbogen aus und traf Max in die Seite. Max
ruderte mit den Armen, rumpelte gegen den Tisch. Annegrets
Einweihungsgeschenk kippte auf den Teppich. Tom machte
einen Schritt in Richtung Tür und trat auf das Tablett. Er
rutschte mitsamt Tablett nach vorn, bevor er mit einem
Schwall Flüchen auf dem Hintern landete.

Annegret hob das Tablett vom Boden auf. Es hatte einen
Sprung in der Mitte. »Von wegen bruchfest«, schimpfte sie.
»Ich nehm es wieder mit und tausch es um.«

Max umarmte sie lächelnd. »Oma, du bist die Beste.«

Ella   Groen

Endstation Neuanfang

»Erzähl mir noch eine Geschichte, Opa.«

Fritz rieb sich über die Augen. Familienabende waren schon immer anstrengend, doch mit jedem Jahr, das er älter wurde, schienen sie mehr an seinen Kräften zu zehren. Direkt nach dem Essen hatte er sich in seinen Sessel zurückgezogen und lauschte, eingeklemmt zwischen Bücherregal und Standuhr, den gedämpften Stimmen aus der Küche. Beinahe wäre er eingeschlafen, hätte Frida nicht plötzlich in die Hände geklatscht und damit den Abwasch eingeläutet. Leises Tellerklappern. Jeder wollte helfen. Nur Vivian, seine jüngste Enkeltochter, stand bei ihm, um sich eine Geschichte erzählen zu lassen. Dabei war sie bereits achtundzwanzig.

»Bitte. Nur eine«, flehte sie und schob leicht die Unterlippe vor.

Fritz lachte und nickte. Wie könnte er ihr jemals diesen Wunsch abschlagen? Sie war ohnehin die Einzige, die sich für seine Geschichten interessierte. Frida wollte die ollen

Kamellen nicht mehr hören. Das war Vergangenheit. Seinen Kindern ging es ebenso, und für seine anderen Enkelkinder war er einfach ein alter Mann, der von einem Leben erzählte, das sie nichts anging.

Vivian ließ sich auf die Couch fallen. Mit einer Hand stopfte sie sich umständlich ein Kissen hinter den Rücken, während sie mit der anderen über den gewölbten Bauch strich.

»Habe ich dir schon von dem Tag erzählt, der unser Leben für immer veränderte?«

Vivian schüttelte den Kopf. »Nein, aber wir können es kaum erwarten. Stimmt's?«, fragte sie ihren Bauch, um kurz darauf zu nicken. »Wir sind bereit.«

Fritz blickte aus dem Fenster. Draußen begann es bereits zu dämmern. Bald würden die Laternen angehen. Die Bäume schwankten leicht im Wind. Er schloss die Augen und kehrte in die kleine Wohnung in Oranienburg zurück. Es war der Abend des vierten Dezembers 1961.

»Nun komm endlich vom Fenster weg. Du machst mich noch ganz nervös«, sagte Fritz und nahm einen tiefen Zug von der Zigarette. Er wusste nicht mehr, wie viel er in den letzten Tagen geraucht hatte. Die Zigarette zwischen den Fingern zu spüren half ihm, sich zu beruhigen. Der Rauch rollte angenehm warm über die Zunge in die Lunge hinein. Es war eines der wenigen Wohlgefühle, dem er sich ohne Angst hinzugeben wagte. Er sah, wie die Gardine zurückschwang und Frida endlich vom Fenster zurücktrat. Auf Strümpfen kam sie auf ihn zu. Sie hatte die Schuhe ausgezogen, weil sie das Klappern der Absätze auf den Dielen nicht ertrug. Mit spitzen Fingern nahm sie ihm die Zigarette aus der Hand und zerdrückte sie in dem kleinen Aschenbecher aus Messing, der auf dem Küchentisch stand.

»Wenn wir drüben sind, hörst du damit auf«, befahl sie und stemmte die Hände in die Hüften. Dabei fiel ihr eine Locke in die Stirn. Vorsichtig strich Fritz diese zurück hinter ihr Ohr. Wie sehr er diese Frau liebte. Mit ihren Locken aus Gold, dem runden Gesicht und dem Herz einer Löwin. Mit keiner anderen Frau wäre er ein solches Wagnis eingegangen. Bei ihr konnte er sich sicher sein, dass sie nicht die Nerven verlor. Egal, wie es ausging.

»Versprochen«, flüsterte Fritz und hauchte ihr einen Kuss auf die Nasenspitze. Frida lächelte und setzte sich rittlings auf einen der Stühle. Ihre Hände umklammerten die Holz-streben, sodass die Knöchel weiß hervortraten. Dennoch klang ihre Stimme ruhig, als sie sagte: »Lass es uns noch ein-mal durchsprechen. Ein letztes Mal.«

Fritz zog den anderen Stuhl vom Tisch und setzte sich ebenfalls rittlings darauf. Sie saßen sich so dicht gegenüber, dass sich ihre Gesichter beinahe berührten. Er sah die tiefen Ringe unter ihren Augen. Wie viele Nächte hatte sie wohl nicht mehr durchgeschlafen? Am liebsten hätte er ihr versi-chert, dass alles gut werden würde. Doch das konnte er nicht. Er wusste nur, dass ein besseres Leben auf sie wartete. Wenn alles gut ging. Ein Leben, in dem sie wirklich frei waren.

»Wir steigen in den letzten Linienzug, der von Oranien-burg nach Albrechtshof fährt. Abfahrt 19:33 Uhr.«

»Können wir uns sicher sein, dass Harry den Zug wirklich fährt?«

Fritz nickte. »Er schiebt schon seit Wochen Sonderschichten und hat den Zuspruch für die Fahrt morgen Abend bereitwillig erhalten. Er macht denen weiß, dass er damit seine Strafversetzung abwenden will, die ihm droht, weil er als Lokführer der DDR seine schriftliche Zustimmung zu den Abriegelungsmaßnahmen verweigerte.«

»Was ist mit dem Heizer?«

»Dem gab Harry frei, damit Hartmut seinen Platz einnehmen konnte.« Fritz warf einen Blick auf seine Armbanduhr. »Sie müssten bereits am Bahnhof sein, um den Zug zu inspizieren. Wie vereinbart werden sie die Notbremsen manipulieren, damit unsere Fahrt nicht aufgehalten werden kann. Sobald wir die Grenze durchbrechen, werfen wir uns alle auf den Boden, für den Fall, dass die Grenzposten schießen. Harry und Hartmut verstecken sich im Kohlebunker.«

»Wie viele wissen von dem Plan?«

»Insgesamt 25. Harry übernimmt den Zug in Oranienburg. Wir steigen gemeinsam mit seiner Familie als erste ein. Alle anderen verteilen sich auf die verschiedenen Bahnhöfe. Keine Koffer, jeder nimmt nur das Nötigste mit. Alles muss also in deinen Wintermantel passen. Den Rest lassen wir zurück. Bist du vorbereitet?«

Wortlos stand Frida auf, nahm ihren Mantel vom Haken und legte ihn auf den Tisch. Dann klappte sie ihn auf und fuhr mit dem Finger im Zickzack über das Innenfutter. »Im Kragen sind die Perlen eingenäht. Jede einzeln. Hier der restliche Schmuck und unsere Ersparnisse. Zudem habe ich noch etwas Unterwäsche eingenäht. Den Rest nehme ich in der Handtasche mit.«

»Gut.« Fritz zog drei Fahrkarten aus der Innentasche seiner Weste und legte sie auf den Mantel. »Wir gehen getrennt und zeitlich versetzt Richtung Bahnhof. Am Gleis stehen wir so weit wie möglich auseinander. Zwei Fremde, die sich keines Blickes wert sind. Wir steigen getrennt in diesen Zug ein und verlassen ihn auch getrennt wieder.« Für den Fall, dass wir es nicht gemeinsam schaffen, dachte Fritz. Er konnte es nicht aussprechen. Doch an Fridas Blick erkannte er, dass sie auch so wusste, was er damit meinte. Sie ergriff seine Hände und drückte sie. Klamm und feucht war dieser Griff. Mit einer raschen Bewegung entzog er sich ihren Händen. Er durfte sich diesen Gefühlen nicht hingeben. Nicht jetzt. Sie durften keine Schwäche zeigen. Fritz stand auf. Er musste sich bewegen, das Kribbeln in den Beinen weglaufen.

»Was sagst du, falls dich jemand fragt, wohin du fährst?«, fragte er.

»Das ich zu meiner Schwester nach Albrechtsdorf fahre.«

»Warum so spät?«, hakte Fritz nach und trat ganz dicht an seine Frau heran.

»Mein Sohn ist krank und ich weiß mir nicht anders zu helfen. Ich will die Nacht über nicht mit ihm allein sein.«

»Kein Vater, der nach Hause kommt?« Fritz beugte sich zur ihr hinab, legte sogar eine Hand auf ihren Oberschenkel.

»Ich bin Witwe«, erwiderte sie ruhig.

»Krank sieht der Bengel gar nicht raus.«

»Das werde ich, als Mutter, wohl besser wissen.« Frida stand auf und schob Fritz mit beiden Händen von sich fort. »Und nun empfehle ich mich, mein Herr«, sagte sie laut und schlüpfte zur Seite an ihm vorbei. Fritz drehte sich um und nickte.

»Gut gemacht.« Er ging auf sie zu und zog sie in die Arme. Ihr Haar verströmte einen schwachen Duft von Lavendel.

Für einen Augenblick schloss er die Augen und genoss diesen Duft, die Wärme ihrer Haut. »Du darfst auf keinen Fall die Nerven verlieren«, flüsterte er in ihren Scheitel. »Hörst du?«

Er spürte ihr Nicken an seiner Brust. Es schien, als presste sie sich mit aller Kraft in seinen Körper hinein. Als wollte sie einen Abdruck hinterlassen. Fritz wurde schwer ums Herz. Das hier fühlte sich nach einem Abschied an. Es fühlte sich falsch an. Langsam schob er Frida von sich, legte zwei Finger unter ihr Kinn und hob es an, sodass sie ihm in die Augen schauen musste.

»Harry ist einer meiner ältesten Freunde. Ich vertraue ihm blind. Wenn es einer schafft, uns in den Westen zu bringen, dann er. Jeder Einzelne von uns kennt den Plan und weiß, wie er sich zu verhalten hat. Mach dir keine Sorgen. Morgen Abend bricht für uns die Fahrt in ein neues Leben an.«

Frida nickte. Wieder sprang die widerspenstige Locke hervor. Diesmal strich sie sie selbst zurück hinters Ohr. Dabei hielt sie seinen Blick gefangen und lächelte. Da wusste er, dass sie sich niemals ganz aus den Augen verlieren würden. Auf Zehenspitzen streckte Frida sich ihm entgegen und presste ihre Stirn an seine.

»Mama?« Frida wandte den Kopf ab. In der Tür stand Hanno. Mit einer Hand rieb er sich verschlafen das Auge, mit der anderen hielt er das kleine Holzflugzeug fest, das Fritz für ihn gebaut hatte. Es war ein blaues Flugzeug mit einem roten Propeller an der Spitze und gelben Tragflächen.

»Kannst du nicht schlafen?«, fragte Frida. Hanno schüttelte wild mit dem Kopf.

»Geh nur«, flüsterte Fritz und küsste seine Frau auf die Schläfe. Sie nahm Hanno an die Hand und führte ihn zurück in sein Zimmer, wobei sie beruhigend auf ihn einredete. Das Holzflugzeug, das er hinter sich herzog, kratzte leise über den Boden. Fritz lehnte sich in den Türrahmen und sah den beiden nach. Heute Nacht würde niemand von ihnen wirklich Ruhe finden.

Nach einer schlaflosen Nacht und einem Tag voller Anspannung, war Fritz beinahe erleichtert, endlich vor der Bahnhofshalle zu stehen. Es dämmerte bereits. Die wenigen Laternen vor der Halle spendeten nur karges Licht. Wenigstens schneit es nicht, dachte er und klappte, zum Schutz gegen den eisigen Wind, den Kragen seines Mantels hoch. Trotz mehrerer Schichten Kleidung, die er trug, spürte er die Kälte. Nur wenige Schritte von ihm entfernt stand ein Mann hinter einem alten Holztisch und bot heiße Maronen an. Fritz atmete den warmen Duft ein, bevor er sich einige Schritte entfernte. Er wollte es nicht riskieren, in ein Gespräch verwickelt zu werden und dabei eine Tüte dampfender Maronen unter die Nase gehalten zu bekommen. Lieber steckte er sich eine Zigarette an. Die letzte, wenn alles gut ging. Tief atmete Fritz den Rauch ein, den Eingang des Bahnhofs fest im Blick. Sie hätte längst hier sein sollen. Fritz spürte das bekannte Kribbeln in den Beinen, unterdrückte jedoch den Drang, sich zu bewegen. Auch auf die Uhr schaute er nicht. Man konnte nie wissen, wer einen beobachtete. Vielleicht schon längere Zeit.

Da tauchte sie plötzlich auf. Mit langem Schritt ging sie auf den Bahnhof zu und zog Hanno hinter sich her. Der Junge stemmte die Hacken in den Boden, doch Frida zog ihn einfach weiter. Kinder spüren, wenn etwas in der Luft liegt, dachte Fritz. Sein Sohn war erst zwei Jahre alt, sie konnten ihm nicht begreiflich machen, warum er so viel Kleidung wie möglich anziehen, ein Spielzeug mitnehmen und in einen Zug steigen sollte. Sie konnten nicht erwarten, dass er brav mitspielte, und doch verspürte Fritz eine gewisse Enttäuschung darüber, dass Hanno nicht instinktiv seiner Mutter vertraute und ruhig an ihrer Hand lief. Er sah, wie Frida sich umwandte, Hanno auf den Arm hob und weiterlief. Das Holzflugzeug schlug bei jedem Schritt gegen ihren Rücken.

Nachdem sie im Bahnhofsgebäude verschwunden war, wartete Fritz noch einen Augenblick, rauchte seine Zigarette zu Ende, warf den Stummel auf den Boden und zertrat ihn mit der Stiefelspitze. Im Geiste zählte er bis Hundert, dann ging er ebenfalls durch die Eingangstür und tauchte in die Bahnhofshalle. Wie erwartet war es in der Halle leer. Nur wenige Menschen warteten um diese Uhrzeit noch auf einen Zug. Die Hände tief in den Taschen vergraben stand ein jeder für sich, versunken hinter Mantelkragen oder Schals. Auch Fritz zog den Kopf ein und vergrub das Gesicht so tief wie möglich im Mantelkragen, damit Hanno ihn nicht erkannte. Langsam lief er auf und ab, um die Kälte zu vertreiben und dabei wie ein ungeduldiger Fahrgast zu erscheinen, der auf den letzten Linienzug wartete, der heute diesen Bahnhof verließ. Frida stand mehrere Meter von ihm entfernt am anderen Ende des Gleises und versuchte, das Kind zu beruhigen, das nun den Kopf in ihrer Schulter vergraben hatte und leise weinte. Der kalte Wind trug die Melodie zu ihm hinüber, die sie summte.

Mit einem ohrenbetäubenden Pfeifen fuhr der Zug um Punkt 19:30 Uhr in den Bahnhof ein. Fritz konnte seinen

Blick nicht von der großen Uhr abwenden, die im Wartebereich hing. Das Quietschen der Bremsen schien ihn innerlich zu zerreißen. Eine Handvoll Fahrgäste strömte auf den Bahnsteig, schlängelte sich hastig an den Wartenden vorbei. Es war kalt und spät, man wollte nach Hause. Fritz spürte sein Herz pochen, als er in den hintersten Waggon stieg. Aus dem Augenwinkel sah er das bunte Holzflugzeug seines Sohnes im Zug verschwinden.

Er rutsche in eine der Sitzbänke, ganz nah ans Fenster heran. Das grüne Leder war kalt und unbequem. Ihm gegenüber saß eine ältere Dame, die nicht einmal von ihrer Strickarbeit aufschaute, als er sich setzte. So alltäglich, so uninteressant waren die Menschen, die ein- und ausstiegen. Auf der anderen Seite saßen zwei Schupos. Leise Fetzen ihres Gesprächs drangen zu Fritz herüber. Er hörte nicht hin, wollte nicht wissen, worüber sich solche Männer unterhielten. Hinter den beiden saß ein junger Mann, den er, trotz der tief ins Gesicht gezogenen Mütze, als Harrys Cousin Ralf erkannte. Fritz wandte sich um und schaute aus dem Fenster. Langsam fuhr der Zug an. Nach und nach rauschte die schemenhafte Schattenlandschaft immer schneller an ihm vorbei. Das monotone Rattern half ihm dabei, sich ein wenig zu entspannen. Ob Harry da vorne im Führerhaus genauso nervös war? Er dachte an die gemeinsamen Jahre, in denen er mit Harry die Schulbank gedrückt und ihn stets vor den größeren Jungs verteidigt hatte, die in dem blassen Jungen, der sich schon früh für Züge interessierte, ein leichtes Opfer fanden. An die vielen Nachtmittage, die sie nach der Schule zusammen verbrachten, Hausaufgaben erledigten oder mit den Rädern in die Stadt fuhren. Er war überrascht gewesen, als Harry ihm von seinem Plan erzählte, mit einen Linienzug die Grenze zu durchbrechen und im Westen ein neues Leben zu beginnen. Doch er hatte nicht einen Moment an dem Plan gezweifelt oder daran, dass sie mit in diesen Zug steigen würden.

Fritz schüttelte die Erinnerungen ab. Mit jedem Halt war es in dem Abteil leerer geworden. Stiller. Bedrückender. Nicht viele fuhren bis zur Endstation. Auch die ältere Dame mit ihrem Strickzeug war längst ausgestiegen. Bei jedem Halt hatte Fritz mitgezählt. Nun war es soweit, nächster planmäßiger Halt: Albrechtshof. Er presste die Stirn gegen das Fenster, um das Bahnhofsschild nicht zu verpassen. Die Schupos standen auf und stellten sich bereits an die Türen. Einer der beiden lachte. Unweigerlich spannte Fritz die Muskeln an. Er glaubte spüren zu können, wie der Zug zur vollen Leistung getrieben wurde. Einer der jungen Männer wurde unruhig und schaute aus dem Fenster.

»Da stimmt was nicht«, hörte Fritz ihn sagen und riskierte einen Blick auf seine Armbanduhr. 20:42 Uhr. In zwei Minuten sollte der Zug planmäßig im Bahnhof einfahren und halten. Endstation. Die beiden Schupos schauten immer wieder aus den Türfenstern. Ihre Unruhe übertrug sich auf den Körper, sie wirkten zappelig und stießen einander immer wieder an. Unschlüssig, was zu tun sei. Plötzlich ruckte der Waggon zur Seite. Harry hatte den Zug auf das Nebengleis geführt. Die rote Signalleuchte zuckte am Fenster vorbei. Sofort warf Fritz sich auf den Boden. Dabei sah er, wie einer der beiden Männer die Handbremse zog. Als der Zug dennoch nicht zum Stehen kam, zog er den anderen mit sich zu Boden.

»Wir halten nicht!«, schrie einer der beiden. »Sie müssen schießen!« Doch der vermutete Kugelhagel blieb aus. Sekunden vergingen, die Fritz wie Stunden vorkamen. Er hörte das Blut in den Ohren rauschen. Als er den Kopf hob, kreuzte sich sein Blick mit einem der Schupos.

»Sie haben nicht geschossen«, murmelte der Mann, bevor er es noch einmal schrie. Fritz schaute in diese weit aufgerissenen Augen. Dann sah er, wie dem Mann gewahr wurde, dass man sie ausgetrickst hatte. Mit einem Satz sprang er auf die Beine. Fritz wollte es ihm gleichtun, doch der Schupo war schneller, packte ihn am Kragen und zog ihn hoch. »Du hast es gewusst. Du hast dich auf den Boden geworfen, du hast es gewusst!«, schrie er. Fritz versuchte den Griff des Mannes zu lösen. Er sah, wie der andere Schupo seinen Gummiknüppel zog. Da sprang Harrys Cousin dem Mann, der Fritz gepackt hielt, auf den Rücken. Überrascht von diesem Angriff ließ dieser los, und Fritz schlug zu. Mitten ins Gesicht. Er hörte das knirschende Geräusch eines brechenden Knochens. Bevor er darüber nachdenken konnte, wandte er sich dem zweiten Mann zu, der bereits um den Cousin seines Freundes kreiste. Wir müssen hier raus, dachte Fritz. In dem Moment warf ihn ein Ruck zu Boden. Die Bremsen des Zuges quietschten, klingelten in Fritz' Ohren. Er sah, wie die Kämpfenden ebenfalls zu Boden gingen. Der Knüppel des Schupos rutschte zu ihm herüber, lag zum Greifen nah. Im nächsten Moment gingen die Türen auf.

Fritz zögerte nicht. Sofort sprang er auf die Beine, zerrte an der Verbindungstür und stolperte in das andere Abteil. Dicht gefolgt von Harrys Cousin Ralf. Sein Blick flirrte durch das Abteil. Es war leer. Also rannte Fritz zur Tür und hechtete hinaus. Unsanft landete er auf den Schienen, rappelte sich wieder auf und rannte weiter. Schau nicht zurück, sagte er sich, und doch warf er einen Blick über die Schulter, schaute durch die aufgerissene Tür des Zuges in das Abteil. Da fiel sein Blick auf Hannos Holzflugzeug, ein bunter Fleck auf dem grünen Leder der Sitzbank. Da er nicht sah, wohin er trat, blieb sein Fuß an einem Widerstand hängen. Fritz strauchelte. Bevor er das Gleichgewicht verlor, spürte er einen festen Griff um seinen Arm, der ihn bestimmt weiterzog. Dankbar nickte er Ralf zu, dann löste er sich aus dem Griff und lief allein weiter.

Er war erleichtert, als er Frida und Hanno entdeckte. Sie standen direkt neben dem Kilometerstein 14/7. Schwarz prangte die Zahl auf dem weißen Stein. Frida wog Hanno auf und ab, der in ihren Armen strampelte und mit den kleinen Fingern auf den Zug zeigte. Wortlos ergriff er die Hand seiner Frau und zog sie mit sich. Immer schneller rannten sie auf den Zaun zu. Hannos Wimmern steigerte sich mit jedem Schritt, den sie sich weiter vom Zug entfernten. Fritz hörte Fridas schnellen Atem hinter sich. Spürte ihre klammen Hände. Ihre Finger bohrten sich in seine Haut. Doch Fritz rannte weiter, das Haus am Straßenrand fest im Blick. In die Arme nehmen würde er seine Familie erst, wenn er sie wirklich in Sicherheit wusste. Dann würde er Frida im Kreis wirbeln, ihr einen Kuss auf die Lippen drücken und ihr sagen, dass er wusste, dass sie es schaffen würden und er fortan mit dem Rauchen aufhören wird. Seinem Sohn würde er liebevoll durch das Haar wuscheln und ihm versprechen, ein neues Flugzeug aus Holz zu bauen. Ein blaues, mit einem roten Propeller und gelben Tragflächen. Mit dem er in dem kleinen Garten spielen könnte, den er sich vor ihrer neuen Wohnung erträumte. Hier, in Westberlin.

»Hierhin, bitte«, wies Vivian die beiden Männer von der Speditionsfirma an. Es war das letzte Möbel für diesen Raum. Wie das finale Puzzleteil klickte der Sessel in die Lücke zwischen Bücherregal und Kinderbett. Sie drückte einem der Männer ein Trinkgeld in die Hand und verabschiedete sich. Hinaus fanden sie allein. Vivian wollte diesen Moment genießen. Gedankenverloren strich sie mit einer Hand über den groben Stoff des Sessels, in dem ihr Großvater all die Jahre gesessen und seine Geschichten erzählt hatte. Nun stand er im Kinderzimmer ihres Sohnes. Ein schöneres Geschenk hätte er ihr nicht machen können. Es ist Zeit für neue Geschichten, hatte Opa Fritz gesagt und sich aus dem Sessel erhoben. »Ganz bald«, flüsterte Vivian. Mit beiden Händen hielt sie ihren Bauch umfasst und sah zu dem Holzflugzeug, das über dem Kinderbett schwebte. Fritz hatte nicht nur ein neues Flugzeug gebaut, sondern es auch aufbewahrt, als Hanno zu alt für Spielzeug wurde. Vivian konnte es kaum erwarten, es von der Schnur zu nehmen und in die Kinderhände ihres Sohnes zu drücken.

 Magdalena  Wede

Valentina

Valentina Kowalewas Pech war es, dass sie nicht die Großmutter von Viktor Petrenko war.

»Uns wurde gemeldet, hier ist ein verlassenes Kleinkind untergebracht? Das ist kein passender Ort für ein kleines Kind«, sagte der Mann in Zivil.

Die knochige alte Frau stand erschrocken ihm gegenüber in der Tür. Hätte sie sie doch nur nicht geöffnet! Bisher war sie stets obrigkeitstreu gewesen, hatte sich arrangiert, das Naheliegende versucht, zu regeln: Genug zu essen, Wasser, Wärme. Lippenbekenntnisse waren ihre Sache nicht, und Landesgrenzen waren ihr bisher auch immer egal gewesen. Seit ein paar Monaten aber fühlte sie sich gezwungen, sich zu entscheiden, gegen die einen oder die anderen, und dabei hätte sie doch am liebsten ihre Ruhe gehabt.

Das Leben in Kriegszeiten war nicht einfach. Sie nickte. Nein, das war eigentlich kein Ort für ein kleines Kind.

»Viktor Petrenko. Bist du seine Babuschka?«

Sie nickte wieder. Immer nicken, wenig sagen, dann waren sie vielleicht schnell wieder weg, war ihre Devise.

»Ausweis!«, befahl der Mann.

»Hab keinen.«

»Keinen russischen Pass?«

Sie holte widerstrebend ihren ukrainischen Pass aus der Schublade.

»Der gilt hier nicht mehr. Den behalten wir gleich ein.«

Er schlug den Pass trotzdem auf.

»Da steht Kowalewa, nicht Petrenkova. Bist du seine Großmutter mütterlicherseits?«

»Nein.«

Hätte sie doch ja gesagt! Aber sie hatte in ihrem Leben noch selten gelogen und war es gewohnt, nicht zu widersprechen. Schon gar nicht einem Mann, und erst recht nicht, wenn ein Soldat mit entsicherter Kalaschnikow im Hintergrund stand.

»Ich kümmere mich um den Jungen.«

»Bist du eine Verwandte?«

»Die Nachbarin.«

Viktor zog an ihrem Kittel. Sie nahm ihn auf die Arme. Nun in Augenhöhe mit dem fremden Mann, studierte der kleine Junge dessen Gesichtszüge so ernst und besorgt, als erwarte er drohendes Unheil.

»Du bist alt und kannst kaum noch laufen. Solche wie du sollten sich nicht um unsere Kinder kümmern. Der Junge kann noch nicht sprechen? Wo sind seine Eltern?«

»Der Vater arbeitet.«

Dass er im Heizkraftwerk dafür kämpfte, dass sie alle nicht erfrieren mussten, wollte sie nicht sagen und erstickte fast daran. Stolz war sie auf Andrij, als sei er ihr eigener Sohn.

»Die Mutter?«

»Im Krankenhaus.«

»Das Krankenhaus ist geschlossen worden. Wo ist die Mutter?«

Valentina schwieg. Sie wollte nicht darüber reden, dass die junge Frau zu den ersten Streubombenopfern im Ort gehört hatte.

Von oben kamen andere, die die Wohnung der Petrenkos durchsucht hatten.

»Alles kalt. Der Kühlschrank ist leer. Keine Lebensmittel. Nichts.«

›Na, warum wohl, nachdem alles zerbombt ist, und man kaum etwas kaufen kann‹, dachte Valentina und versuchte, ihre aufkeimende Empörung zu zügeln.

»Also ein unbeaufsichtigtes Kind. Ein russischer Junge, verlassen von seinen Eltern. Wir werden ihn in Obhut nehmen und ihn in der sicheren Zone unter staatliche Aufsicht stellen. Und du solltest auch mitkommen, Mütterchen. Bei uns gibt es schöne Heime für Senioren, und das mit deinem Pass regeln wir dann auch.«

Wie sollte sie sich dagegen wehren, sie hatte doch nie etwas falsch gemacht, warum nahmen sie ihn ihr jetzt weg, machten alles kaputt ... Valentina versuchte zu verhandeln, log sogar, aber aus dem Verhandeln wurde unbeabsichtigt ein Flehen, weil die Furcht sie beschlich, es könne vergebens sein: »Ich will nicht. Ich will hierbleiben. Das Kind gehört doch hierher, seine Mutter kommt bald zurück.«

Der Mann entgegnete ungerührt: »Sei still und verhalte

dich kooperativ. Es ist schließlich nicht dein Kind. Wir nehmen dir nur eine Last ab.«

»Ihr könnt mir doch das Kind nicht so einfach wegnehmen!«, rief sie entsetzt. Sie drehte sich ab, um Viktor vor dem Zugriff, den sie schon kommen sah, zu beschützen. »Ich bin seine Babuschka, ich passe auf ihn auf!«

Das Kind erstarrte vor Angst. Etwas Bedrohliches schien sich zu nähern.

Noch einmal flehte sie, und spürte, wie die lähmende Ohnmacht ihr die Stimme zu ersticken drohte.

»Siehst du nicht, Soldat, wie er Angst hat und bei mir bleiben will? Er kennt mich, ich bin seine Babuschka, er will hierbleiben, Soldat!«

»Nehmt ihn mit.«

Die Frau von der Jugendfürsorge, die sich, straff bestrumpft, im dunkelblauen Kostüm, bisher im Hintergrund gehalten hatte, drängte sich nun nach vorne, zwang energisch den Jungen aus den Armen Valentinas in die ihren. Ohrenbetäubendes Kindergeschrei ertönte, Viktor griff hilfesuchend nach Valentinas Finger. Valentinas Herz umkrampfte eine eiskalte Faust des Entsetzens und drückte es so eng zusammen, dass es schmerzte und ihr zum Hals hinausspringen wollte.

»Nein!«, schrie sie. »Soldat, nein!«

Sie rief den Namen des Kindes, als sei es ein Hündchen, das sie locken wollte, als könne das Kind aus eigenen Kräften hier noch etwas entscheiden: »Viktor, mein Lieber, mein Kleiner, komm zurück, komm zu mir!«

Und dann glitt die kleine Hand Viktors endgültig aus der ihren, und die Frau von der Jugendfürsorge trug das verzweifelt brüllende Kind hinaus.

Valentinas Herz zersprang und platzte mit einem markerschütternden Schrei aus ihrer Kehle. Sie stürzte der Frau nach, versuchte, wieder einen Finger der kleinen Hand zu erhaschen, ein Ärmchen vielleicht, um das Kind festzuhalten, zurückzuholen.

Der Mann in Zivil schob sich zwischen Valentina und die Frau.

Aber in Valentina hatte sich etwas geöffnet, ein tiefer Abgrund voller Wut, ein Vulkan voll glühender Lava, aus dem ein übermächtiger, sprachloser Hass auf alles emporschoss, was die letzten Monate geschehen war, auf die Zerstörung und das Leid und die Not und die Unschuld der Unschuldigen und die Verkommenheit der Verkommenen. Sie brach aus ihr heraus, diese ganze unterdrückte Wut der letzten Monate, und Valentina schrie gellend und ohne Unterlass, hämmerte mit ihren Fäusten auf den Mann in Zivil ein, haute und biss und schlug um sich und schrie, schrie, schrie, schrie.

Ein kurzes auffforderndes Nicken des Mannes in Richtung des Soldaten mit der Kalaschnikow genügte. Das harte Knallen eines einzelnen Schusses hallte durch das Treppenhaus und Valentinas Schreien verstummte.

Helga Mietz

Teestunde

Das Sofa ist schon etwas durchgesessen. Ich stopfe mir zwei Kissen in den Rücken.

Seit meinem letzten Besuch sind Wochen vergangen.

Mit vorsichtigen Schritten kommt sie aus der Küche und stellt behutsam die Teekanne auf den niedrigen Tisch. Sie ist – seit ich erwachsen bin – die kleinere von uns beiden. Ihre zierliche Figur ist im Lauf der Jahre fülliger geworden, doch ihr Stil ist geblieben. Sie trägt immer noch Kostüme à la Chanel. Heute aus grauem, dezent gemustertem Strick mit einer blassblauen Schluppenbluse ohne Schmuck, dazu Opal Ohrclips. Einmal zeigte ich bei einem Klassentreffen Familienfotos aus meinen Kindertagen. »Das soll deine Oma sein, so elegant?«, bemerkte eine Freundin verblüfft.

Ich habe Tortenstücke mitgebracht, dazu Baumkuchen, und beides auf einer Kuchenplatte angerichtet, deren Dekor zu den Tassen und Tellern passt, die bereits auf dem Tisch stehen.

Eine Kuchenplatte von einem anderen Service zu nehmen, nur weil sie auf dem Stapel zuoberst liegt, habe ich nicht gewagt. Oma wäre imstande, mich zu bitten, die Stücke noch einmal neu zu arrangieren, und zwar auf einer passenden Platte. Vielleicht würde sie ihre übliche Bemerkung zu solchen Stilbrüchen ablassen: Mischmasch beleidigt mein Auge.

»Wie geht's denn, mein Mädchen?« Sie beugt sich über mich und tätschelt meine Hand.

»Ach, Oma, es ist einfach viel los. Der neue Job, die Präsentation morgen macht mir ein wenig Angst, das Auto muss zur Inspektion, die Dusche tropft, zweimal schon musste ich Volleyball ausfallen lassen.«

Ihre Augenbrauen ziehen sich für einen Moment zusammen. »Das ist reichlich. Umso schöner, dass du heute hier bist. Und jetzt machen wir es uns erst einmal gemütlich.«

Bedächtig lässt sie sich in ihren Sessel sinken, greift zu einer weinroten, flauschigen Wolldecke und legt sie über ihre Knie.

»Ich nehme natürlich das Stück Schwarzwälder Kirsch.« Sie schmunzelt. »Was für eine Überraschung, meine Lieblingstorte. Schön, dass du dran gedacht hast.«

Wir essen ohne Eile und schweigend, beinahe andächtig. Ohne Hast – so habe ich meine Tage mit ihr verbracht, wenn meine Mutter mich bei ihr parkte, um ungestört einkaufen zu gehen oder sich mit ihren Freundinnen zu treffen.

Als ich das erste Mal bei ihr übernachtete, muss ich fünf gewesen sein. Sie hatte – er sitzt heute im Regal zwischen meinen Büchern – einen Teddy besorgt, der im Bett auf mich wartete und mich trösten sollte, falls ich Heimweh bekäme.

Mein Opa war auf Dienstreise und ich durfte neben ihr im Doppelbett schlafen. Nach dieser Übernachtung lauerte ich begierig auf die nächsten Dienstreisetermine meines Opas. Heimweh bekam ich nie.

»Ist Opa wieder unterwegs? Kann ich bei dir schlafen?«

»Na, wir zwei Frauen mal wieder«, sagte meine Oma dann, während meine Brüder abfällig grinsten und meine Mutter eine spitze Bemerkung machte: »Da wird sie wieder nach Strich und Faden verwöhnt.«

Bei uns zu Hause ging es laut und hektisch zu. Meine Eltern waren sich nicht immer einig, unerwartet brach Streit aus, wütende Wortwechsel drangen durch Wände. Das waren die wenigen Situationen, in denen wir Kinder uns mucksmäuschenstill verhielten. Wenn meine Eltern nicht stritten, tobten wir durch die Wohnung, nahmen uns gegenseitig Spielsachen weg, störten uns bei Bastelarbeiten oder Hausaufgaben. Einer von uns war immer dazu aufgelegt, Ärger zu machen. Bei ihr dagegen war es ruhig, nur im Hintergrund murmelte leise das Radio. Ich konnte ungestört in ihren Bildbänden blättern, meine Sticker sortieren oder Hausaufgaben machen. Wir spielten Halma, Mühle, Dame und Malefiz, von dem Oma eine Sonderedition aus edlem Holz besaß, die seit Jahren als Dekoration auf meiner Kommode steht und mich an unsere gemeinsamen Stunden erinnert.

»Oma, hast du noch die Spielesammlung? Wie wäre es, wenn wir eine Runde Dame spielen?«

»Im Lesezimmer in der Kommode. Und bring' uns aus dem Schlafzimmer den Rolltisch mit.«

Er scheint noch funktionstüchtig, der mobile Betttisch, dessen Platte an einem senkrechten Steg befestigt ist, und dessen Stege mit den Rollen man unter Betten, Stühle und Sessel schieben kann. Den ich ihr ans Sofa gerollt hatte, als sie nach einem Knöchelbruch Tage liegend verbringen musste. Nach der Schule brachte ich ihr etwas zu essen, wir spielten Canasta und hörten Schallplatten, die sie von ihren Eltern geerbt hatte. Ob sie ahnt, dass durch sie meine Liebe zu Oper, Ballett und Theater entstanden ist? Ich habe es ihr nie gesagt. Sie hat auch meine Liebe zur bildenden Kunst geweckt. In ihren Bücherschränken befanden sich Schachteln mit Kunstdrucken in Schreibheftgröße, die ich staunend betrachtete und nach Portrait, stehender Mensch, sitzender Mensch, Menschenansammlung, Tier, Landschaft, Stadtansicht sortierte. Manchmal kam ich durcheinander, wenn Menschen in einer Landschaft oder mit Tieren zu sehen waren. Dann überlegte ich lange, welchem Motiv ich den Vorrang geben oder ob ich besser einen neuen Stapel eröffnen sollte. Für mein Lieblingsmotiv eröffnete ich die Gruppe Erwachsene mit Kindern. Es zeigte ein Gemälde von Max Ernst *Die Jungfrau züchtigt das Jesuskind vor drei Zeugen*. Zuerst glaubte ich, das Kind werde gewaschen und gewickelt. Sobald ich den Text lesen und verstehen konnte, und ich mein Erschrecken überwunden hatte, dachte ich: Wenn sogar das Jesuskind geschlagen wird, dann wird wohl das Kinder-Verhauen normal sein. Irgendwie beruhigte mich das. Trotzdem hatte ich Angst vor den Hieben meiner Mutter, wenn ich hingefallen war, was ziemlich häufig vorkam, oder mich dreckig gemacht hatte, was ebenso häufig vorkam. Deshalb klammerte ich mich jedes Mal flugs an Oma, die schützend ihre Arme um mich legte und begütigend auf meine Mutter einredete.

Das Lebenstempo im Haus meiner Großeltern – so ganz anders als in meinem Elternhaus – hat mich, ein lebhaftes Kind, das nicht stillsitzen konnte, zur Ruhe gebracht. Doch was ich nicht ausstehen konnte, war der Mittagsschlaf, auf den Oma bestand. Zunächst erklärte sie mir geduldig, wie wichtig diese Ruhezeit sei, ich würde nichts verpassen, und dass auch sie schlafen werde. Gab ich aber keine Ruhe, sagte sie: »Knippsteine zu und denk an was Schönes.«

Ich rolle den Tisch mit der Spielesammlung ins Wohnzimmer zu Omas Sessel. Sie nimmt den Deckel von der Schachtel. Die Farbe ist ausgeblichen, die Kanten angenagt, die Fächer für die Spielsteine verbogen. Doch alles ist noch vollständig. Sie klappt das Spielbrett auf. Ich rücke den Teetisch beiseite, schiebe einen Hocker an seine Stelle und setze mich ihr gegenüber.

Oma grinst spitzbübisch und sagt: »Ich gewinne.«

»Das wollen wir doch mal sehen«, ahme ich Opa mit seiner sonoren Stimme nach, Opa, der Jahre vor seiner Pensionierung gestorben ist.

Oma kichert. »Gewonnen hat er nie.«

Sie streckt mir ihre Fäuste entgegen. Ich tippe auf die linke. Sie öffnet die Faust. Also bekomme ich die schwarzen Steine, Oma die weißen. Wir bringen unsere Steine in Position.

»Schwarz beginnt«, gibt Oma das Stichwort, und ich schiebe den ersten Spielstein auf das nächstliegende Feld.

Ich möchte ihr sagen, wie sehr ich sie bewundert habe, wie wohltuend ihre entspannte Haltung zum Leben war und noch ist, ihre Gelassenheit, ihre Toleranz, ihr Humor. Ihr konnte ich Dinge erzählen, die kein anderer von mir wusste, die erste Liebe, die Qualen, wenn ein neuer Schritt in meinem Leben bevorstand, die Zweifel, wenn ich eine Entscheidung treffen musste. Im Gespräch mit ihr bekamen die Dinge eine andere Farbe, wirkten weniger bedrohlich. Als ich sechzehn war, prophezeite sie mir, dass ich mich, sobald ich einen festen Freund hätte, von ihr wegbewegen würde. Sie hatte recht: Ich besuchte sie seltener, und sie hat es mit Gleichmut getragen.

Meine Spielsteine sind komplett blockiert, ich muss aufgeben.

»Revanche«, sage ich, und wir setzen die Steine wieder in die Startpositionen.

Sie ist für mich immer noch ein ruhender Pol, ein Rückzugsort. Wenn ich ihr jetzt sage, dass sie mir mit zunehmendem Alter ein Vorbild wurde, dass ich ihr dankbar bin, wie wird sie reagieren? Bringe ich sie in Verlegenheit? Solche Gespräche sind in unserer Familie nicht üblich. Beziehungen lebt man, ihre Qualität wird nicht diskutiert, außer es gibt Unstimmigkeiten oder Streit. Wenn eine Beziehung lautlos verläuft, gibt es keinen Grund, sie von allen Seiten zu betrachten, sie durchzuwalken, wie meine Mutter es nannte. Nichts wird für überflüssiger gehalten als gegenseitiges Lob. Hör' auf zu grübeln, das bringt dich nicht weiter, konzentrier' dich auf das Spiel, ermahne ich mich.

Oma hat schon zwei Damen. Wie kann das sein, wo sie doch mehr Steine verloren hat als ich? Auch diese Partie geht nicht zu meinen Gunsten aus. Mir kommt die morgige Präsentation in den Sinn und ich spüre Druck im Magen.

»Oma, es ist so schön und erholsam bei dir, aber ich muss los. Für meinen Vortrag morgen muss ich noch etwas vorbereiten.«

»Natürlich, es soll ja gelingen. Zeig ihnen, was du kannst, mein Mädchen.«

Sie nickt mir zu, schiebt den Rollwagen beiseite und stemmt sich aus dem Sessel hoch.

»Pack nur deinen Kram zusammen. Den Tisch räume ich gleich in aller Ruhe ab.«

Gemeinsam gehen wir durch den Flur, links habe ich Tasche und Jacke, rechts meine Oma im Arm. An der Tür zieht sie meinen Kopf zu sich herunter, flüstert:

»Unberufen« und spuckt mir ein: »Toi toi toi« über die Schulter.

Meine Oma, mein Fluchtpunkt. Alles, was mich betrifft, läuft bei ihr zusammen. Nein, ich werde sie nicht mit einer Lobpreisung überrumpeln. Ich werde mir Zeit nehmen und ihr einen Brief schreiben.

Lilly   Leev

Ich habe Facebook gelöscht

Ich war ein bisschen nervös, denn gleich würde mein Freund Kilian meine Großeltern kennenlernen. Es war mir sehr wichtig, dass sie sich gegenseitig leiden können. Zum einen, weil ich meine Großeltern abgöttisch liebe, und zum anderen, weil ich spürte, dass Kilian der Richtige für mich ist.

Mein Opa öffnete die Tür und stellte sich sofort vor – noch ehe wir die Wohnung betraten.

»Hallo, ich bin Helmut. Sach ma, kannst du mit dem Computer umgehen?«

Kilian stotterte kurz, und nickte nur.

»Hallo, Opa, das ist Kilian. Und jetzt lass uns doch erst einmal rein.« Ich drückte Opa einen Kuss auf die Wange.

»Hallo, mein Spatz!«

Wie ich das liebte! Wie er das immer sagte … »Mein Spatz« … Er nannte auch meine Schwester so, aber es fühlt sich jedes Mal an, als wäre ich jemand ganz besonderes für ihn. Es klang so wärmend, so geliebt.

Jetzt standen wir zwar schon mal im Flur, aber Opa wollte Kilian sofort in die Stube ziehen, wo sein alter Computer stand.

»Opa, gleich. Warte doch mal, bitte. Erst die Jacke und Schuhe aus.«

Opa musste dann noch einen Moment länger warten, da wir erst noch meine Oma begrüßen wollten. Auch sie nannte mich »Spatz«, und auch bei ihr klang es immer so herzlich.

»So, jetzt komm mal mit«, sagte Opa und zupfte an Kilians Arm.

Mir war klar, dass mein Freund von der ersten Sekunde an akzeptiert war. Das war jetzt auch nicht mehr meine Sorge. Diese war nun eher, dass Opa Kilian nicht mehr vom Computer weglassen würde, bis wieder alles funktionierte. Um ein wenig dagegen zu steuern, huschte ich an Opa vorbei in die Stube und setzte mich auf den Drehstuhl am Computertisch, der direkt neben der Couch stand. Kilian wies ich an, neben mir auf einem Hocker Platz zu nehmen, während Oma und Opa es sich auf der Couch gemütlich machten.

Oma hatte Zitronenkuchen aufgetischt.

»Ich muss mich entschuldigen, Kilian. Das ist nur eine Backmischung und kein selbstgemachter Kuchen«, sagte sie, während sie Kilian ein Stück auf den Teller legte.

»Das ist doch egal. Der schmeckt doch bestimmt trotzdem«, sagte Kilian mit einem schüchternen Lächeln.

Ich bemerkte, dass Opa das alles zu lange dauerte. Er blickte immer wieder auf den Bildschirm und konnte sich nur schwer zurückhalten.

»Okay, Opa. Erzähl mal, was ist denn passiert?«

»Ich habe Facebook gelöscht«, platzte es aus ihm heraus.

Ich grinste und atmete tief durch. Bloß nicht loslachen, sonst ist er beleidigt, dachte ich. Kilian gluckste leise neben mir.

»Opa, keine Angst, du hast Facebook nicht gelöscht. Das geht nämlich nicht«, sagte ich so ruhig wie möglich.

Opa hatte mit seinen 74 Jahren seit ungefähr einem Monat ein Facebook-Profil. Meine Schwester hatte ihm das alles eingerichtet und erklärt, wie er Freunde finden kann. Innerhalb kürzester Zeit war er dann auch mit sämtlichen Verwandten befreundet.

»Aber ich finde das nicht mehr.« Er zuckte mit den Schultern.

Ich hatte währenddessen den Internetbrowser geöffnet und tippte in die Browserleiste *Facebook* ein. Natürlich erschien innerhalb weniger Sekunden die Anmeldeseite auf dem Bildschirm.

»Hier, schau. Ist doch alles da.« Ich trug seine E-Mail-Adresse ein, fragte Opa nach dem Passwort und loggte ihn ein.

Opa verstand die Welt nicht mehr.

»Aber wie hast du das jetzt gefunden?«

»Ganz einfach. Schau mal.« Ich klickte auf den Desktop, zeigte mit dem Mauszeiger auf das Icon Firefox. »Hier klicken. Dann in der Leiste hier oben Facebook eingeben und auf die Enter-Taste klicken.«

»Ach!« Mit offenem Mund starrte Opa auf den Bildschirm und ließ das Ganze auf sich wirken.

Dieser Blick … Ich liebe ihn. Er guckt dann immer wie ein Baby, das gerade die Welt entdeckt.

»Aber das war doch nicht mehr da.«

Ich schloss die Augen, presste meine Lippen fest aufeinander, um nicht loszulachen und atmete bewusst ein und aus.

»Das kann nicht weggewesen sein«, sagte Kilian und legte Opa beruhigend eine Hand auf den Arm.

»Aber es war weg!«

»Opa, wo war es denn vorher?«

»Ja, da vorne!« Er wies mit dem Finger auf den Bildschirm. »Mach das da mal weg.«

Ich schüttelte den Kopf und schloss, nachdem ich mich bei Facebook abgemeldet hatte, Firefox.

»Da war es nicht mehr.« Opa tippte nun direkt auf die Scheibe.

»Auf dem Desktop? Hier, wo du auch die anderen Programme öffnest?« Ich war irritiert.

»Ja!« Er nickte heftig.

»Da ist Facebook aber nicht«, sagte Kilian.

»Ja. Sach ich ja. Ich habe Facebook gelöscht.«

Nun fing auch Oma an, auf Opa einzureden. Obwohl sie mit dem Computer überhaupt nichts zu tun hatte, hatte sie es verstanden, was wir Opa verständlich machen wollten.

Nach einigen Minuten wurde es ihm zu bunt. Er schnauzte Oma an, dass sie sich raushalten sollte.

Damit die Situation nicht eskalierte, legte ich beschwichtigend eine Hand auf seinen Arm.

»Opa. Hör mal. Alles ist gut. Wenn du zu Facebook willst, machst du es einfach so, wie ich es dir gerade gezeigt habe.«

Ich zeigte es ihm noch einmal und dachte, damit sei nun alles erledigt.

»Geht das nur über diesen Fuchs?«

»Benutzt du noch einen anderen Internetbrowser?« Ich ließ meinen Blick über den Desktop gleiten.

»Ja, dieses O. Da ist Facebook dann aber nicht, oder?«

»Doch«, antworte ich. Mittlerweile stiegen mir Tränen in die Augen, lange konnte ich einen Lachkrampf nicht mehr unterdrücken.

»Na gut«, sagte Opa, und dann, als wäre nichts geschehen: »Schmeckt dir der Kuchen, Kilian?«

Ich sprang auf, lief durch die Küche ins Badezimmer und schloss die Tür. Ich heulte vor Lachen. Was für eine kuriose Situation das doch war!

Nadine  Buch

Der Pfennig und das Glück

Frieda jauchzte, als sie mit ihren Eltern zu dem roten Mazda ging, der die besten Jahre bereits hinter sich hatte. Ihr Vater erklärte jedes Mal, bevor sie losfuhren, dass es nicht mehr viel brauchte, bis das Auto in alle Einzelteile auseinanderfiele. Und dass sie das Ziel doch hoffentlich unbeschadet erreichen würden.

»Es geht zur Oma, es geht zur Oma!«, jubelte Frieda, die mit beiden Armen die Wagentür griff und mit einem kräftigen Ruck zuzog.

»Bist du angeschnallt?«, fragte ihre Mutter und warf einen Blick in den Spiegel der Sonnenblende, um sich mit eigenen Augen zu vergewissern, dass ihre Tochter sicher und vorschriftsmäßig auf dem Rücksitz saß. Sollte doch mal ein Unfall passieren – möglicherweise deshalb, da das Auto den Geist aufgab. Seit Jahren sparte die Familie auf einen Neuwagen. Neu deswegen, da baldige Reparaturen im jungen Alter noch auf sich warten ließen. Doch allein der Urlaub im

Schwarzwald, ein Jahr zuvor, hatte bereits ein großes Loch in die Finanzen der Familie Klein gefressen.

»Los geht's! Alle bereit? Frieda, du auch?«, fragte Vater Klein und trat aufs Gaspedal. Der alte Motor tat seinen Dienst, und der Mazda fuhr an.

»Oma Linde!«

»Frieda, mein Kind!«, rief Oma Linde, wie ihre Enkelin sie nannte, und putzte sich die Hände an ihrer Schürze ab. Dann trat sie vorsichtig aus der Haustür, tat ein paar bedächtige Schritte nach vorne und schloss ihre Enkelin fest in die Arme.

»Ach, du lieber Himmel!«

Die Stimme von Friedas Mutter pfiff einige Oktaven höher als sonst. Alle verharrten in ihrer Bewegung. Vater Klein, der im Begriff war, seine Mutter Gerlinde zu begrüßen, Frieda und Gerlinde, die immer noch in inniger Umarmung waren, und Kater Fritz, der scheu sein Köpfchen um die Hausecke streckte.

»Die Kuchen! Wir haben vor lauter Aufregung die Kuchen zuhause vergessen!«, erklärte Friedas Mutter und klatschte verzweifelt mit den Händen auf ihre Oberschenkel. »Wir können doch jetzt nicht deswegen die vierzig Kilometer wieder zurückfahren.«

»Aber das ist doch kein Problem. Gerlinde kümmert sich um Frieda, und wir beide fahren gerade in die Stadt zum Steier und holen Kuchen. Was hältst du davon?«

»Schatz, das ist eine gute Idee. Der Tag ist gerettet.« Friedas Mutter rollte erleichtert mit den Augen, atmete auf und eilte mit ihrem Gatten zurück zum Auto.

»Komm, du kannst mir gerne bei den Vorbereitungen des Kaffeekränzchens helfen«, schlug Oma Linde vor und schob ihre Enkelin sanft an der Schulter in die Wohnung.

»Was gibt es denn heute Abend, Oma Linde?«

Frieda hüpfte fröhlich von einem Bein aufs andere um den Küchentisch.

»Braten mit Soße, Klöße und Rotkohl.«

»Fein. Wird mein Patenonkel auch kommen? Sitzen wir wieder alle zusammen, wenn wir essen?«, fragte Frieda und beugte sich runter, um Kater Fritz zu streicheln, der ihr mit einem lauten Schnurren um die Beine strich.

»So wie immer«, versprach Oma Linde mit einem Augenzwinkern.

Frieda liebte die Familientreffen. Es wurde viel gelacht, sodass das Essen gleich viel besser schmeckte. Und weil sie und ihre Eltern vor den anderen Verwandten bei Oma Linde angekommen waren, hatte Frieda ihre Großmutter noch eine Weile für sich. Später, wenn sämtliche Onkel und Tanten mit ihren Familien da waren, wäre Schluss mit Ruhe.

»Wenn du magst, kannst du den Küchentisch decken. Und nicht vergessen: Bei so viel Besuch muss ein Teil am Wohnzimmertisch platznehmen. Je ein Teller hin, darauf eine Kuchengabel und eine Kaffeetasse daneben. Weißt ja, wo alles steht. Und … Kind, … magst du lieber Kakao oder ein Glas Saft zum Kuchen?«

»Kakao!«, freute sich Frieda.

Das Mädchen begab sich zum Schrank, nahm vorsichtig zwei Teller heraus und stellte sie an den jeweiligen Platz, an dem ein Stuhl stand. Natürlich stellte sie ihren Lieblingsteller direkt neben den ihrer Oma, damit sie auch ja in ihrer Nähe sein und mit ihr reden konnte. Während dessen kochte Oma Linde Milch in einem kleinen Topf, die binnen kurzer Zeit warm wurde und zu duften begann. Gerlinde nahm eine hohe Tasse aus dem Schrank, goss die dampfende Milch ein und gab drei Löffel Kakaopulver dazu.

»So, mein Kind, verbrenn dich nicht, und lass es dir schmecken. Ich stelle in der Zeit die restlichen Teller auf«, sagte Oma Linde, drückte ihren Rücken durch, als hätte sie Schmerzen und machte sich an die Arbeit.

Frieda rührte in ihrem Kakao herum und schlürfte mit spitzen Lippen an dem Getränk. Nicht nur körperliche Wärme durchströmte Frieda, sondern auch ein angenehmes Gefühl der Geborgenheit.

»Frieda, mein Kind … Wenn du magst, kannst du mal das alte Sparschwein vom Regal nehmen und den Inhalt rausholen.«

Das alte Sparschwein. Es hatte einen rosa Rüssel, war von mehreren Kleeblättern geziert und besaß einen Blick, bei dem man nicht widerstehen konnte: Man musste das Porzellantierchen füttern. Und nun sollte Frieda es schlachten? Etwa mit dem Hammer erschlagen?

»Wie denn, Oma?«, rief Frieda, nahm das Schwein und schaute mit einem Auge durch den Einwurfschlitz.

»Wenn du es rumdrehst, findest du am Bauch eine Gummilasche. Da musst du dran ziehen und das Geld rausholen.«

Frieda verstand. Doch bevor sie tat wie ihr geheißen, schüttelte sie das Schwein. Einige Münzen klirrten in dessen Inneren, ab und an gab es ein raschelndes Geräusch. Mit klopfendem Herzen öffnete Frieda die Lasche, und schon fielen die ersten Groschen und Pfennige heraus, und auf den Tisch. Doch da war noch mehr drin. Mit dem Zeigefinger fühlte Frieda im Bauch des Sparschweins, was es noch zu finden gab. Und siehe da, es kam ein Geldschein zum Vorschein. Zehn Mark. Der zartblaue Schein sorgte dafür, dass Frieda erstaunt die Augen aufriss. So viel Geld hielt sie selten in ihrer Hand.

»Na, hast du alles rausgeholt?«, fragte Oma Linde, während sie um die Ecke gehumpelt kam. »Die zehn Mark darfst du dir holen. Die sind dir. Aber verrate deinen Eltern bloß nicht, dass ich dir die gegeben hab, sonst schimpfen sie wieder mit mir.«

Noch größer wurden Friedas Augen.

»So viel Geld – für mich?«, hauchte das Mädchen und legte den Schein andächtig auf den Tisch.

»Ja, für dich. Und der Rest ist meins.«

Traurig blickte Frieda auf die paar Münzen, die auf dem Tisch lagen.

»Oma Linde, du bist aber arm«, hauchte Frieda, die mit ihren kleinen Fingern das wenige Münzgeld auf dem Tisch hin und her schob.

»Mein Kind, nein, warum soll ich denn arm sein? Zu viele Münzen sind mir ein Gräuel. Und die, die ich besitze, habe ich lieber hier, im Haus. Ich nehme nur mit, was ich brauche, um mir meinen Bauch zu füllen – wie zu alten Zeiten.«

Friedas Augen leuchteten.

»Erzähl mir von ihnen. Bitte!«

Oma Gerlinde rückte ihren Stuhl zurecht, als sie sich zu ihrer Enkelin an den Tisch setzte.

»Ach …« Nun waren es die Augen von Gerlinde, die zu leuchten begannen. Dann wurde ihr Blick ernst.

»Es waren zu Anfang keine schönen Zeiten. Wir mussten

hart arbeiten, und manchmal reichte das Geld kaum aus, um uns täglich eine warme Mahlzeit leisten zu können. Wir aßen trockenes Brot oder reife Äpfel, die im Herbst von den Bäumen gefallen waren. Fleisch war nur auf dem Tisch, wenn jemand Geburtstag hatte. Kleidung wanderte durch Generationen. Ja, wir mussten sparen.«

Oma Linde legte ihre faltige Hand auf die von Frieda.

»Aber es war auch die Zeit des Glücks.«

Friedas Augen wurden größer.

»Eines Morgens – ich war auf dem Weg zum Bäcker – ging vor mir ein stattlicher Mann des Weges. Seine Schritte waren sicher und ruhig. Sein Gang wirkte selbstbewusst. Er wühlte in seiner Tasche und verlor dabei eine Münze. Doch er bemerkte es nicht, so hob ich die Münze auf und hielt den Mann am Ärmel seines Mantels fest, um ihm das Geld zurückzugeben. Und ich sage dir, als er sich umdrehte … Ich werde seine blauen Augen nie vergessen.«

»Aber du hast das Geld dem Mann gegeben, anstatt es zu nehmen, also wart ihr immer noch arm«, sagte Frieda und runzelte trotzig die Stirn.

Gerlindes Finger wanderten zu dem Bilderrahmen, der seit vielen Jahren auf ein und demselben Platz auf dem Tisch stand und strich über das matte Glas. Friedas Blick folgte ihnen und blieb an den mit tiefen Falten umsäumten Augen ihres Großvaters haften, der auf dem Foto abgebildet war. Und den sie nie hat kennenlernen dürfen, da er bereits vor vielen Jahren verstorben war …

»Dein Opa hat mich mit seiner Liebe zu dem reichsten Menschen dieser Erde gemacht. Und das ist der Pfennig, den er damals verloren hatte.«

Mit der anderen Hand ergriff Oma Linde ihre Halskette, an der eine kleine kupferne Münze baumelte.

Simone Hagen

Martha der Stier

Illustriert von Stella Besslich

>>Aus den Steinen, die einem in den Weg gelegt werden, kann man Schönes bauen.<<

Johann Wolfgang von Goethe

»*Warum trägst du zum Backen dein Sonntagskleid?*«, fragte sie mich tadelnd. »Das ist doch kein Sonntagskleid, das hatte ich heute auch in der Schule an.« Sie schüttelte den Kopf. »*Dann zieh dir wenigstens eine Kittelschürze über.*« Widerwillig zog ich das hässliche Ding über meine Kleidung. Einen eierschalenfarbigen Baumwollkittel mit Stickereien von blauen Veilchen darauf. So ein Kitsch.

»*Als ich ein Mädchen in deinem Alter war, hatte ich nur zwei Kleider, eins für sonntags und eins für alltags.*«

Es war ihr unbegreiflich, dass ich die Angewohnheit hatte, meine Kleidung nach meinen Stimmungen und Launen auszuwählen, anstatt nach Qualität und Anlass zu differenzieren. Wir wollten einen Rosinenkuchen backen. Eigentlich hatte ich am Backen gerade kein großes Interesse, ich suchte nur ihre Gesellschaft und wollte ein wenig mit ihr plaudern. In ihrer Küche war ich immer willkommen.

Auf der Anrichte standen schon alle Utensilien zum Backen bereit: Butter, Mehl, Eier, Zucker, Backpulver, Salz, Rührschüsseln, Schneebesen, natürlich eine Gugelhupfform und, nicht zu vergessen, die Rosinen. Ein gediegenes, traditionelles Rezept. Martha lag daran, uns mit den Dingen des Haushalts vertraut zu machen. Sie empfand es als ein unverzeihliches Versäumnis meiner Mutter, dass sie in der Hinsicht so nachlässig war.

»*Die Mädchen können ja später gar nichts*«, kritisierte sie.

»*Die Mädchen sollen für die Schule lernen und später einen guten Beruf ausüben*«, entgegnete meine Mutter.

»*Und am Ende heiraten sie dann doch ...*«, meinte Martha.

Martha war nicht sehr feinfühlig. Für viel Sensibilität hatte ihr das Leben keinen Raum gelassen. Schon mit 19 Jahren war sie Mutter geworden. »*Es war so eine schwere Geburt*«, sagte Martha. Das war das Einzige, worüber sie sich jemals wirklich beklagte. Wegen der schweren Geburt war es auch nur bei dem einem Kind geblieben. Schon sechs Jahre später musste ihr Mann in den Krieg ziehen, und sie wurde allein mit einem kleinen Kind zurückgelassen.

»Martha der Stier ist eine robuste Frau«, sagte meine Mutter.

Das erkannte man daran, dass ihre Arm- und Fußgelenke nicht schlank, sondern eher grob und stabil waren. Insgesamt war sie ziemlich stabil. *»Ich habe zwei Weltkriege erlebt«*, sagte sie. *»Man darf sich nicht unterkriegen lassen.«*

Martha hatte die Fähigkeit, die Dinge so zu nehmen, wie sie kamen, nicht zu hadern, nicht zu jammern, sich nicht unnötig aufzureiben. Sie war fast nie krank. Sie trug niemandem etwas nach, empfand keine Bitterkeit über die Fehler anderer Menschen und verzieh alle Gemeinheiten großzügig.

»Man kann sich die anderen Menschen nicht malen. Man muss ihnen immer etwas dazugeben«, sagte sie.

»Du kannst schon mal die Butter schaumig schlagen.« Ich schnitt die Butter in kleine Würfel und warf sie in die Rührschüssel. Dann schüttete ich 200 Gramm Zucker dazu. Durch den Zucker gelang es besser, die Butter mit dem Schneebesen zu zerkleinern. Einen elektrischen Mixer gab es in Marthas Küche nicht. Drei Eier. Die Mischung wurde mit weißem Mehl bestäubt. Dazu wurde das Mehl gesiebt und rieselte wie Schnee auf die goldgelbe Masse. Ich tauchte immer wieder den Zeigefinger ein und naschte. Der Geschmack von süßer Creme und halb eingemischtem bitterem Mehl war einfach köstlich. *»Nicht so viel Naschen, sonst bekommst du noch Bauchschmerzen!«* Ich hatte noch niemals Bauchschmerzen vom Kuchenteig Naschen bekommen.

Martha konnte so allerhand im Haushalt, und sie war später eine echte Kämpferin geworden, wenn auch nicht aus Überzeugung, sondern nur aus der Not heraus. Nach der Volksschule, in der sie zum Gespött der anderen Kinder immer in der letzten Reihe sitzen musste, hatte sie die Haushaltsschule besucht. Dort hatte sie vor allem gut kochen gelernt. Sie konnte auch gut backen und wusste, wie man Obst erntet und einkocht, wie man Marmelade macht, wie man Fleisch konserviert und Kartoffeln kellert. Sie konnte Butter und dicke Milch machen, Gemüse und Blumen im Garten anbauen, und sie konnte nähen und mit einer Strickmaschine arbeiten. Das Arbeiten mit der Strickmaschine hatte ihr im Krieg ihren Unterhalt gesichert.

»Was ist das Wichtigste für dich im Leben?«, fragte ich sie einmal. *»Das Wichtigste im Leben ist der Mann.«* »Nicht die Kinder? Mama sagt immer, die Kinder sind das Wichtigste im Leben.« »Nein, der Mann ist das Wichtigste«, entgegnete sie. Ich wusste nicht so recht, was ich davon halten sollte, war ich doch selbst noch eher ein Kind. *»Ich musste, als ich jung war, viel zu lange ohne meinen Mann auskommen.«* Das verstand ich. Sicher hatte sie Friedrich den Löwen jeden Tag vermisst.

»Den Opa haben sie sofort eingezogen, als allererstes im Rehberg. Ich war allein mit dem Kind, und ich war damals selbst noch so jung. Tagsüber musste ich auf dem Kartoffelacker arbeiten. Der Junge war noch klein, er saß am Anfang immer am Rand vom Acker und spielte. Später half er dann mit. Ich hatte keine Zeit, mich um ihn zu kümmern. Der Bauer trieb uns an. Wir selbst bekamen kaum etwas von den Kartoffeln ab. Alle mussten versorgt werden und der Bauer behielt viel für sich selbst. Abends wenn ich

nach Hause kam, habe ich dann ein armseliges Essen gekocht, und wenn der Junge schlief, habe ich mich an die Strickmaschine gesetzt, Unterhemden und Unterhosen gestrickt, Leibchen und Pullover. Alle Leute im Dorf haben meine Sachen gekauft. Manchmal wurde auch getauscht, so hatte ich genug zu essen, und wenn der Opa auf Heimaturlaub kam, gab es sogar immer etwas Fleisch.« Die Erinnerung an den Heimaturlaub zauberte ihr ein versonnenes Lächeln ins Gesicht. *»Manchmal saß ich an der Strickmaschine und habe die ganze Nacht gearbeitet. Aber wir sind in der Welt und wir müssen da durch.«*

»Der Backofen muss auf 250 Grad vorgeheizt werden.« Ich betätigte den Schalter des Ofens und pinselte die Gugelhupfform mit Butter ein, während Martha die Rosinen in den Teig rührte.

»Warum bist du eigentlich fast nie verreist? Wolltest du nicht die Welt kennen lernen?«, fragte ich sie. *»Ach, warum soll ich denn verreisen. Hier ist es doch so schön. Ich habe das Meer gesehen, an der Ostsee, und die hohen Berge, als wir in Rosenheim waren. Das ist doch genug.«*

Aus Rosenheim erhielten wir immer wieder Postkarten und Päckchen. Rosenheim war irgendwo in Bayern, sehr weit weg. Einmal, als ich 10 Jahre alt war, tauchte eine unbekannte, sehr freundliche Frau bei uns auf, die behandelt wurde wie eine hochgestellte Persönlichkeit. Wir Kinder wurden ins Wohnzimmer gerufen und vorgestellt. Das ist Frau Bäcker aus Rosenheim, sagte meine Großmutter. Sie hat nach dem Krieg bei uns gewohnt, mit ihrer Tochter Maria. Die Frau lächelte uns gütig an. Ich mochte sie, doch ich war irritiert, dass eine Person, die nicht zur Familie gehörte, in unserem Haus gewohnt haben sollte.

»Ich war die ganze Zeit allein mit dem Jungen. Dann kamen die Flüchtlinge, und wir sollten alle jemanden aufnehmen. Die Kinder waren im gleichen Alter, und Frau Bäcker war allein, so wie ich. Der Opa war noch in Kriegsgefangenschaft. Ich war so froh, dass ich jemanden zum Reden hatte, und die Kinder haben wie Geschwister miteinander gespielt. Es war gut für den Jungen, dass ein anderes Kind im Haus war.«

Im Winter nach dem Krieg, musste Martha zusammen mit Frau Bäcker und den anderen Frauen aus dem Dorf Kohlen klauen gehen. *»Du hast wirklich gestohlen?«* *»Es musste sein. Wir wären sonst vielleicht erfroren. Außerdem waren da doch auch die Flüchtlinge in unserem Haus. Wir mussten in zwei Zimmern heizen.«*

Zum Kohle Klauen begaben sich die Rehberger Frauen und die wenigen Männer, die bereits aus dem Krieg zurückgekehrt waren, in einen unbewohnten Waldabschnitt nahe der Bahnschienen. Der Lokführer kooperierte mit den frierenden Menschen und verlangsamte sein Tempo auf dem Abschnitt kurz vor dem Bahnhof mehr als nötig. Eine starke und schnelle Frau sprang unter Lebensgefahr auf den fahrenden Zug und öffnete eine Waggonklappe, so dass die Kohle auf die Gleise rollte, den Abhang hinunter, hinein in den Wald. Die Frauen aus dem Dorf sammelten die Kohle schnell ein und trugen sie in Körben nach Hause. *»Es war gefährlich, und oft waren Besatzungssoldaten auf den Zügen. Dann konnte der Zugführer das Tempo nicht verlangsamen und wir warteten umsonst im Wald.«* Es folgte ein kalter Abend, eine kalte Nacht, eine kalte Woche.

Der Kuchen im Ofen war aufgegangen und wurde langsam braun. *»Du kannst mit einer Nadel hineinstechen.«* Ich öffnete die Ofentür. Ein Schwall heißer Luft schlug mir entgegen, und ich wich ein Stück zurück. Nichts klebte an der Nadel. *Sie nahm die Form mit zwei Topflappen aus dem Ofen. Es duftete köstlich.*

»Wenn du ein Tier sein könntest, welches Tier wärest du dann gern?«

»Was für eine Frage! Ich bin Martha der Stier und wollte niemals etwas anderes sein.«

Karin   Schweiger

Ein Orden für die Oma

Wie viele anderen Kinder unserer Generation verbrachten auch wir so manche Ferien bei unserer Großmutter in ihrem kleinen Häuschen am Waldrand. Das allein war schon Abenteuer für uns Stadtkinder aus der Mietwohnung, denn Garten, Wald und ein Haus, in dem man vom Keller übers Erdgeschoss bis in die Mansarde toben konnte, war für uns nichts Alltägliches. Nur unsere Mutter hatte stets ein wenig Bauchweh damit, wenn wir, kaum dass der erste Ferientag in Sicht kam, darum bettelten, zur Oma zu dürfen. Das mochte wohl der Tatsache geschuldet sein, dass Ferien bei Oma meist noch weitere Abenteuer für uns Kinder bereithielten. Denn unsere Großmutter hat Katastrophen schon immer angezogen wie ein Magnet. Wir Kinder fanden es toll, unsere Eltern weniger. Allerdings war die Verlockung eines kinderfreien Urlaubs wohl stärker – bis zu diesen Ferien jedenfalls.

Schon als wir ankamen – die Eltern hatten uns gebracht und waren dann gleich weitergefahren –, war unsere Oma ungewöhnlich hibbelig. Ständig blickte sie abwechselnd zur Uhr und aus dem Fenster, wobei sie ganz an der Seite des großen Wohnzimmerfensters stand, sich reckte und streckte und an der Gardine vorbeilinste, ohne diese auch nur einen Millimeter zu bewegen. Auf unsere Fragen gab es nur ein unwirsches Abwinken. Nun, ein wenig hat die Genetik sicher durchgeschlagen: Solches Verhalten spornte unsere Neugier an.

Bald hatten wir ein Muster enttarnt und wussten, um welche Uhrzeit da draußen Interessantes vor sich gehen musste. Also schlichen wir wenige Minuten zuvor in den Garten – die Küchentür nach außen erlaubte uns ein vom Wohnzimmer aus unbemerktes Verschwinden. Wie die Strauchdiebe schlichen wir ums Haus herum, stets darauf bedacht, vom Wohnzimmerfenster aus ja nicht sichtbar zu sein. Augen und Ohren hielten wir sperrangelweit offen.

Enttäuscht kehrten wir nach dem ersten Ausflug zurück ins Haus. Trotz aller Anstrengungen hatten wir nichts Verdächtiges bemerken können. Um genau zu sein, war überhaupt nichts passiert.

Wenige Runden Mensch-ärgere-dich-nicht später war es wieder so weit. Wieder schlichen wir in den Garten. Und wieder kehrten wir enttäuscht zurück. Ein junger Mann hatte das Haus der Nachbarin verlassen, mehr war auf der gesamten Straße – die ich überwachte – und in allen Gärten – auf die mein Bruder aufpasste – nicht passiert.

Es kam natürlich, wie es kommen musste: Tags drauf ertappte die Oma uns dabei, wie wir aus der Küchentür verschwanden. Mich erwischte sie an meinem Pferdeschwanz, meinen Bruder packte sie am Kragen seines Pullovers. Erwähnte ich bereits, dass die Oma nicht zimperlich mit uns umging? Immerhin, der Schmerz hatte sich gelohnt. Denn wir wurden zu Omas wichtigsten Komplizen. Und zwar in einer richtig kriminellen Angelegenheit.

Aber erst einmal kam Onkel Bertl auf einen kurzen Besuch vorbei. Bertl, der eigentlich Albert hieß, war nicht wirklich unser Onkel, aber wir nannten Omas Freund aus Jugendtagen schon so, seit wir denken konnten. Das gab ein schönes Hallo, denn wir mochten den alten Herrn wie einen Großvater, den wir nie hatten. Und die Oma mochte ihn auch.

Als er seinen Kaffee geschlürft, ein Stück Kuchen mit Hinweis auf die Anordnungen seines Arztes abgelehnt, dafür aber ein Schnapserl gern genommen hatte, fasste er nach der Hand der Oma und sah sie streng an. So richtig, mit Falten auf der Stirn. »Na, Johanna, du brütest doch schon wieder irgendein Ei aus, so wepsert wie du bist? Was ist es denn diesmal?«

Die Oma winkte unwirsch ab. »Nichts, Bertl. Was du immer denkst.«

Die Falten auf Onkel Bertls Stirn blieben.

»Na ja, ich mach mir halt Sorgen um die Nachbarin. Weißt, die Amalie ist ja schon alt und manchmal ein bisschen … Wie soll ich sagen? Vergesslich halt. Und so furchtbar naiv, weißt du?«

Bertl nickte bedächtig, sah aber immer noch streng aus. »Das ist wohl wahr, aber warum sorgst du dich ausgerechnet jetzt um sie? Tatterig ist sie doch schon länger.«

Die Oma machte das gleiche Gesicht wie mein Bruder, wenn Mama ihn mit der Hand in der Bonbondose erwischt hatte. »Ach, Bertl«, murrte sie und seufzte. »Da schleicht seit ein paar Tagen ein junger Mann herum. Sieht sehr verdächtig aus, wenn du verstehst. Ich hab die Amalie drauf angesprochen, aber sie ist nur ausgewichen und hat sich nichts aus der Nase ziehen lassen.«

»Und?« Onkel Bertl klang gerade genauso wie unser Papa, wenn wir was ausgefressen haben.

»Mensch, Bertl! Denk doch mal nach! Wenn der zu so einer Drückerkolonne gehört und der Amalie ein Zeitungsabo für die nächsten hundert Jahre aufschwatzt. Oder so einer, der sie mit irgendwelchen Geschichten umgarnt und anpumpt, bis ihr ganzes Geld weg ist.«

Jetzt lachte Bertl. »Da wird er sich mächtig umschauen, der Gute. Johanna, sei vernünftig! Amalie ist nicht wohlhabend und das Viertel hier ist alles, aber keine Goldgrube. Sowas wissen die Spitzbuben eher als unsereins. Abos kann man kündigen, wenn sie denn so dumm sein sollte. Misch dich nicht immer in das Leben anderer Leute ein!« Er machte eine kleine Pause und sah die Oma immer noch scharf an. »Was hast du denn schon unternommen, Miss Marple?«

»Nichts!«, schoss die Oma zurück und ergänzte nach einer Weile: »Ich war bei der Amalie und habe versucht, aus ihr herauszubekommen, wer das war und was er von ihr wollte. Er war ja schon mehrfach da. Aber sie hat nichts preisgegeben. Als sie im Bad war, hab ich den Familienschmuck aus dem Schlafzimmer an mich genommen. Du weißt, diese wertvollen Stücke, die noch von ihrer Ururgroßmutter stammen. Die Amalie für ihre Großnichte hütet, bis die achtzehn wird.«

Bertl fuhr hoch. »Bist du verrückt? Du hast ihr den Schmuck gestohlen? Johanna, das …«

»Unsinn, lass mich halt ausreden. Als ich mich verabschiedet habe, bin ich die Außentreppe runter in den Keller und hab die ganze Schatulle im Vorratskeller hinter den alten Marmeladengläsern versteckt. Du weißt schon, die selbstgemachten Fruchtaufstriche, die da schon seit mindestens zwanzig Jahren stehen. Wo sie vergessen hat, dass es die überhaupt noch gibt.«

Bertl schien wieder beruhigt und atmete auf. Er stand unter Mühen auf, warf einen letzten zweifelnden Blick auf die Oma und verabschiedete sich, damit er noch pünktlich zur Gesangsprobe seines Kirchenchors kam. Natürlich nicht ohne eine weitere eindringliche Warnung: »Nimm meinen Rat an, Johanna, und kümmere dich nicht um Amalies Angelegenheiten. Und vor allem: Zieh um Gottes willen die Kinder da nicht mit rein!«

Schon allein daran, dass die Oma alle Daumenlang abwechselnd nach draußen und auf die Uhr schielte, war selbst für uns einen Tag später zweifelsfrei zu erkennen, dass es wieder so weit war. Wir folgten ihr auf Schritt und Tritt, um nur ja nichts von der immer spannender werdenden Angelegenheit zu verpassen. Und richtig: Hinter den übermannshohen Heckenpflanzen der Nachbarin tauchte der Mann auf, den wir schon bei unserem zweiten Ausflug nach draußen gesehen hatten. Mit raschen, federnden Schritten bog er in den Zuweg zu Amalies Häuschen ein, setzte mit einem katzengleichen Sprung über das lächerlich kleine Törchen hinweg und läutete an der Tür.

Die Oma patrouillierte am Fenster hin und her und murmelte vor sich hin. Das hatten wir bei ihr noch nie erlebt.

Schließlich blieb sie so abrupt stehen, dass wir beide in sie hineinliefen. »Hört mal, ihr seid doch pfiffige Kinder, nicht wahr?«

Wer hätte da nicht zugestimmt?

»Ihr geht jetzt raus in den Garten, und zwar da vorn hin, wo die Johannisbeeren wachsen. Dann tut ihr so, als ob ihr spielt. In Wahrheit beobachtet ihr aber Amalies Haus. Und sobald der Mann da rauskommt, folgt ihr ihm. Ich will wissen, wohin der geht. Wo der wohnt oder mit wem der sich trifft. Schafft ihr das?«

Was für eine Frage! Wir waren schließlich Omas Enkel. Also nickten wir eifrig und machten uns sofort an die übertragene Aufgabe. Wir saßen im Gras und beobachteten das Nachbarhaus. Es geschah – nichts. Mein Bruder gähnte, ich wurde müde. Irgendwann begannen wir uns gegenseitig mit ausgerupften Grashalmen zu bewerfen.

Ein energisches Klopfen am Fenster riss uns aus unserem Spiel. Die Oma hüpfte wie wild hinter der Gardine herum. Wir drehten uns schneller um als Peanut, Onkel Bertls verfressener Hund, wenn jemand mit der Futtertüte raschelt, und sahen gerade noch einen weißen Turnschuh von Amalies dubiosem Besuch hinter der Hecke verschwinden. Rennend folgten wir dem Turnschuh um die Ecke und – nichts. Der Mann, der dazugehört hatte, war verschwunden. Wir liefen noch ein Stückchen die Anliegerstraße hinunter und warfen einen Blick in die kleine Nebenstraße, die nach rechts zur Sperrmüllsammelstelle abzweigte. Da war er!

Diesmal blieben wir dem Typen dicht auf den Fersen – nochmal entwischte der uns nicht! Als er sich zum dritten Mal nach uns umsah, winkte mein Bruder ihm zu. »Hallo, du! Wer bist du?«

Oh, oh, das gab Ärger! Von Ansprechen hatte die Oma nichts gesagt, wir sollten den Mann nur verfolgen und ihr berichten, wohin er gegangen war.

»Warum willst du das wissen?« Sein Ton war barsch, er hob beide Hände und ich machte ganz automatisch einen Schritt zurück.

»Weil wir dich nicht kennen, und wir kennen hier jeden im Dorf.«

Der Mann stutzte einen Augenblick, dann seufzte er und ließ die Arme sinken. »Ihr seid die Kinder aus dem Nachbarhaus, nicht wahr? Seht ihr, ich bin der Enkel von eurer Nachbarin.«

»Hm«, machte mein Bruder. »Wo kommst du her? Und wo wohnst du?«

Ein dunkles Auto rauschte mit ziemlicher Geschwindigkeit heran, und ich machte einen Satz zur Seite, zog dabei meinen Bruder am Ärmel seiner Jacke mit. Abrupt kam die Karre neben unserem Überwachungsobjekt zum Stehen.

»Sei nicht so neugierig, Spacko«, zischte der Fremde. »Kann gefährlich werden, die Nase zu tief in anderer Leute Angelegenheiten zu stecken.« Damit riss er die Beifahrertür auf und warf sich auf den Sitz des Autos, das sofort mit quietschenden Reifen davonraste, bevor die Tür wieder zu war.

Mein Bruder blickte enttäuscht drein, und wir beide trotteten unverrichteter Dinge wieder zurück zum Haus unserer Oma. Eines allerdings hatte ich mir eingeprägt: das Nummernschild des Wagens.

»Enkel, so, so«, quittierte die Oma unsere Erzählung. »Dass ich nicht lache! Die Amalie hat einen Sohn, und der interessiert sich nicht für Frauen. Na, hoffentlich sind da bei ihr auch alle Alarmglocken angegangen.«

Nun war guter Rat teuer. Wir saßen am Esstisch in der Küche und hielten Kriegsrat, wie die Oma das immer nannte. Ich war so stolz darauf gewesen, das Nummernschild präsentieren zu können, aber die Oma meinte, damit könne nur ein Schandi was anfangen. Schandi war Omas Wort für einen Polizisten, weil die früher Gendarmen hießen. Prompt ließ ich den Kopf hängen. Mein Bruder schlug vor, uns in Amalies Haus zu schleichen und sie abzuhören, wie die coolen Typen vom Geheimdienst. So ein Blödsinn! Und doch …

»Ha, keine schlechte Idee! Aber wir schleichen uns nicht rein, sondern wir marschieren durch die Eingangstür.«

Mein Bruder und ich blickten die Oma gleichermaßen entgeistert an. Ich, weil ich nicht mehr nur am Geisteszustand meines Bruders zweifelte, sondern auch an dem der Oma. Mein Bruder vermutlich, weil das so kein cooler Geheimdiensteinsatz werden konnte.

»Der kommt garantiert morgen wieder. Und kurz vorher laden wir uns selbst bei Amalie zum Kaffee ein. Natürlich bleiben wir so lange, bis der Fatzke auch geht.«

Mein Bruder hüpfte begeistert auf seinem Stuhl auf und ab. Meine Begeisterung dagegen hielt sich in Grenzen. Kaffeebesuch bei einer uralten Frau, wo wir vermutlich stundenlang sittsam stillsitzen mussten, während die Omas sich über alte Zeiten unterhielten. Gab es etwas Langweiligeres? »Kann ich nicht hierbleiben?« Oma schüttelte den Kopf. Glücklicherweise fiel mir ein stichhaltiges Argument ein: »Jemand muss euch doch retten, falls der Mann eine Pistole hat.«

Die Oma lachte. »Kind, du hast eine blühende Fantasie! Oder lässt Mama dich zu viel vor den neumodischen Glotzkasten?«

»Nein«, sagte ich bockig und beleidigt. »Sowas weiß man, wenn man Bücher liest.«

»Kommt nicht infrage! Ich habe schließlich die Aufsichtspflicht für euch.« Wenn die Oma so streng antwortete, war Widerrede zwecklos. Erfahrungswert.

Kurz bevor wir tags darauf aufbrechen wollten, verschwand die Oma samt Telefon in ihrem Schlafzimmer und schloss die Tür hinter sich. Nanu? Das war neu. Wenige Augenblicke später hörten wir sie energisch mit jemandem sprechen, konnten aber leider nichts verstehen, weil die Oma dabei auf und ab ging und der alte Holzboden unter ihrem Gewicht knarzte und ächzte, als ob er jeden Moment nachgeben und die Oma ins Erdgeschoss befördern wollte.

Nachbarin Amalie erwies sich als schwieriger Fall. Sie wollte uns erst nicht einmal zur Tür hereinlassen, wurde aber von der Oma regelrecht zur Seite geschoben. Und zum Schwelgen in Erinnerungen war sie erst recht nicht aufgelegt. Es kostete die Oma alle Mühe, nicht unversehens wieder auf der anderen Seite der Tür zu landen.

»So leid es mir tut, Hanna, aber ihr müsst jetzt gehen, ich bekomme wichtigen Besuch«, wiederholte Amalie mit der Penetranz einer Schallplatte mit Sprung. So immun wie Amalie Omas Überredungstricks gegenüber war, so taub stellte die Oma sich Amalies Ansinnen entgegen. Mein Bruder stand zwischen den Fronten und erinnerte mich an den

Goldfisch in Onkel Bertls Wohnzimmer. Der dümpelte in seiner Glasschüssel auch immer hin und her, nur dass die Bewegung meines Bruders sich auf den Kopf beschränkte.

Gespenstische Ruhe kehrte ein, als es an der Tür läutete. Niemand rührte sich. Es klingelte wieder. Amalie hob ihre Hand, und ich sah, wie sehr sie zitterte. Dann drehte sie den altmodischen Knauf ihrer Eingangstür. Schon wurde die Tür aufgestoßen, sodass Amalie fast rücklings gefallen wäre. Zusammen mit der Tür polterte der Fremde ins Haus. Nun war es an ihm, wie eingefroren dazustehen. Sein Blick wanderte von Amalie zur Oma, schließlich zu uns und wurde von Sekunde zu Sekunde finsterer.

»Was soll das, Oma?« In seinen Augen funkelte es gefährlich. Er schob sein Kinn vor und machte einen Schritt auf Amalie zu. »Ich hab gesagt, du und ich, sonst niemand!«

»Aber … Ich … Das ist …«, stammelte Amalie und kroch ein Schrittchen zurück, bis sie mit dem Rücken an die Kommode stieß.

Oma trat energisch auf den Mann zu. »Unterstehen Sie sich, eine alte Dame so zu bedrängen! Hat Ihnen Ihre Mutter keinen Anstand beigebracht?«, fauchte sie.

Mein Herz schlug Stakkato und rutschte mir gleichzeitig in die Hose. Vielleicht auch noch tiefer. Ich wusste gerade nicht, ob ich die Oma für ihren Mut bewundern oder für verrückt erklären sollte. Die eiskalte Hand meines Bruders schob sich in meine. Auch er zitterte.

Einen Augenblick lang schien der Mann tatsächlich überrumpelt. Aber schneller als wir alle gucken konnten, schubste er uns ins Wohnzimmer. Er schlug die Tür hinter sich zu, schloss sie ab und schob den Schlüssel in die Hosentasche.

»Was hast du denen erzählt, Oma?«, fuhr er die verängstigte Amalie an.

»N-nichts«, flüsterte die.

»Lüg mich nicht an!«, brüllte er ihr ins Gesicht und ich konnte sehen, dass dabei ein ganzer Spuckeregen auf Amalies Gesicht niederging. Igitt!

»Nichts!«, brüllte die Oma nun in derselben Lautstärke. »Deshalb bin ich ja hier. Und mein Gefühl hat mich nicht getäuscht. Was wollen Sie von Amalie?«

Ich weiß nicht, wie das passierte, es ging einfach viel zu schnell. Aber Augenblicke später saßen wir alle, mit auf dem Rücken gefesselten Händen und einem Klebestreifen auf dem Mund, auf jeweils einem der Stühle am Esstisch. Der Fremde hatte das Telefon in der Hand und redete in einer unbekannten Sprache aufgeregt hinein.

Es roch streng. Sehr streng. Vorwurfsvoll blickte ich meinen Bruder neben mir an, aber er schüttelte nur den Kopf. Amalie dagegen saß schlotternd und mit gesenktem Kopf auf ihrem Stuhl. Tatsächlich, der Gestank kam aus ihrer Richtung. Hatte sie sich ernsthaft in die Hose gemacht? Die Oma lenkte mich ab, denn sie ruckelte auf ihrem Stuhl hin und her. Musste die auch mal? Immer wieder glitt ihr Blick zu dem Fremden hinüber, dann ruckelte sie wieder auf dem Stuhl herum. Der dubiose Mann beendete sein Telefonat. Die Oma zwinkerte mir wie wild zu. Hä?

Es dauerte, aber dann begriff ich. Ich tat, als müsse ich husten, und trampelte mit den Füßen auf dem Boden herum. Prompt hatte ich die Aufmerksamkeit des Fremden auf mich gerichtet, während ich aus dem Augenwinkel beobachtete, wie die Oma weiter mit ihrem Stuhl herumruckelte. Was um alles in der Welt führte sie im Schilde? Der Mann wandte sich ab, und sofort hustete und trampelte ich wieder herum, diesmal stärker.

»Hör auf, dummes Blag!«, brüllte er, hielt einen Moment inne und setzte dann deutlich leiser nach: »Du erstickst mir hier aber nicht?«

Die Oma saß wieder still, und als ich direkt zu ihr hinüberschaute, nickte sie ganz leicht. Die Sekunden und Minuten tröpfelten zäh wie Grafschafter Goldsaft, meine Hände schmerzten, im Hals machte sich langsam Übelkeit breit, vom Gestank und von dem Kleber, auf dem ich ständig herumbiss. Der Fremde tigerte auf und ab, auf und ab, und sah bei jeder Runde mindestens einmal auf die Uhr.

Und dann brach die Hölle los. Es gab einen Schlag und die Tür wurde aufgebrochen. Polizeibeamte stürmten den Raum, und nach kurzem Gerangel mit dem Fremden war das Endergebnis, dass der Gauner nun derjenige war, der in Handschellen auf einem Stuhl saß. Wir hingegen waren endlich befreit und wurden von den Beamten in Omas Haus gebracht.

Mama und Papa kamen gerade rechtzeitig aus ihrem Urlaub zurück, um bei der kleinen Feierstunde, ein paar Tage später, im Rathaus dabei sein zu können. Der Bürgermeister im festlichen Anzug war natürlich da, der Chef der fürs Dorf zuständigen Polizeiinspektion ebenso. Außerdem noch eine ganze Menge Leute mit Kameras um den Hals, Notizblöcken und Stiften in der Hand, und tatsächlich eine große Fernsehkamera und wichtigtuerische Männer mit einem puscheligen Mikrofon an einem Stab. Wie aufregend! Und wir natürlich mittendrin.

Wieder und wieder musste die Oma ihre Geschichte erzählen. Dass sie den Bertl zuvor telefonisch alarmiert hatte – natürlich so spät, dass er nicht mehr eingreifen konnte. Dass der hinter der Hecke auf der Lauer gelegen hatte. Dass sie ihren Stuhl so lange herumgeruckelt hatte, bis sie Amalies Taschenlampe greifen konnte, mit der sie dem Bertl durchs Fenster Lichtzeichen gab. »Wissen Sie, ich bin mit dem Krieg aufgewachsen, da haben wir Morsezeichen gelernt.«

Der Polizeichef lobte die Oma für ihren Mut und ihre Geistesgegenwart und bedankte sich herzlich bei ihr, weil sie tatsächlich noch den Gangsterboss festsetzen konnten. »Hinter dem sind wir schon lange her, aber bisher ist er uns immer entwischt«, sagte er mit wichtiger Miene.

Die Oma bekam eine Urkunde und eine Nadel für ihr Kostüm. Die Mama bekam fast einen Herzkasper, als sie begriff, was hier schon wieder passiert war. Und wir bekamen ein Eis vom Onkel Bertl und freuten uns schon auf den ersten Schultag nach den Ferien.

Gudrun   Güth

Hi, Granny.

In der Hitze verschwinden die Vögel. Kein Zwitschern, kein Flattern, kein Herumgefliege. Auch in den Zweigen der Bäume sieht man sie nicht. Aus dem Kornfeld ragen zwei hellbraune Ohren hervor. Ein Reh, das abwartet, ob von irgendwoher Gefahr droht. Wenn der Mais höher wächst, lassen sich keine Rehe mehr blicken. Auch die Ohren kann man dann nicht sehen. Die Fasane verhalten sich bei dieser Hitze ganz still. Drei Störche stolzieren hinter dem Trecker her. Ein Güterzug mit bunten Waggons rauscht jenseits des Feldes vorbei. Wenn der Wind dreht, weht der Gestank der Müllhalde durch die heiße Luft. Das Kraftwerk schickt seine Dampfwolken, die wie geschlagene Sahneberge aussehen, steil in den Himmel.

Warum ich ausgerechnet jetzt an meine Großmutter denken muss, ist mir ein Rätsel. Vielleicht ist die Hitze der Auslöser.

Wir gehen nur schnell den Weg entlang, um Brombeeren zu pflücken.

Oma, die ich, als ich Englisch in der Schule lerne, oft Granny nenne, bleibt im Auto sitzen. Als wir zurückkommen, hat sie einen knallroten Kopf und klopft gegen die Scheibe. Es ist ihr im Auto zu heiß geworden. Warum steigt sie nicht aus? Sie kann die Autotür nicht öffnen, dabei ist das so leicht. Meine Großmutter verliert sich in dieser Welt. Das Auto mit seinen Hebeln und Knöpfen war für sie ein fremdes, unheimliches Ding. Was habe ich Angst gehabt, dass Großmutter an einem Hitzschlag stirbt. Sie ist damals nicht gestorben, aber sie hat immer wieder für solche Ahnungen und Ängste gesorgt.

Sie verfängt sich im Stacheldraht. Das Blut schießt heraus. Sie verblutet, denke ich, und hole mein Taschentuch aus der Hosentasche. Sie stürzt und liegt mit einem Oberschenkelhalsbruch in der Klinik.

Jetzt plötzlich schwirrt eine Spatzenschar aus den Bäumen. Ich zähle zwölf bis fünfzehn, bin mir aber nicht sicher. Die Spatzen sind so schnell, dass es mir nicht gelingt, sie zu zählen.

Vielleicht denke ich hier wegen der Vögel plötzlich an meine Großmutter. Sie ist ja selbst so ein Zugvogel. Von der Ukraine, nach Polen, nach Lettland, dann »heim ins Reich«, wie sie erzählt.

Meine Großmutter kann ihren Vornamen nicht leiden. Berta, die nach dem frühen Tod ihres Mannes sechs Kinder allein großzieht. Das soll ihr mal eine nachmachen, heutzutage. Sie arbeitet als Köchin in einer Schule. In der Fotokiste finde ich ein Schwarz-Weiß-Foto mit gezacktem Rand. Noch ist es nicht vergilbt, wie viele andere Bilder aus früherer Zeit. Sie hat da schon diesen strengen Haarknoten, der mit durchsichtigen Plastiknadeln zusammengesteckt wird. Auch trägt sie hier schon ein hochgeschlossenes Kleid mit kleinem Bubikragen.

Ich setze mich auf eine Bank in den Schatten der Bäume. Fast ist es, als säße ich mit meiner Großmutter hier. Dabei ist sie schon sehr lange tot. Selbst ihr Grab wurde wieder eingezogen für neue Großmütter und Großväter.

Meine Großmutter war fromm. Jeden Sonntag ging sie zur Kirche. Zu Hause betete sie. Sie kniete dabei vor ihrem Bett. *Jesu geh voran auf der Lebensbahn.* Das war ihr Lieblingslied, das sie mit dünner Stimme sang. Sie sang das auch, wenn sie mir bei den Handarbeiten half. Ich kämpfte mit der Häkel- oder Stricknadel und dem Wollknäuel. Meine Topflappen waren krumm und schief.

Großmutter umhäkelte sie mit Mausezähnchen, meist in hellblau oder hellgrün. Die Topflappen sahen dann etwas gerader aus. Durch meine Großmutter lernte ich Knöpfe anzunähen, was ich allerdings bis heute nur ungern tue. Selbst Strümpfe stopfen und Wollsocken stricken brachte sie mir bei. Das habe ich schnell wieder verlernt.

Geht meine Großmutter sonntags zur Kirche, trägt sie meist einen Hut. Das gehört sich so, meint sie.

Der Hut war schwarz, glaube ich. Meine Großmutter sah dann sehr vornehm aus. Ich war insgeheim stolz auf sie.

Als sie älter und schwächer wurde, mochte sie kein Fleisch mehr. Eine frühe Vegetarierin. Einmal weinte sie sogar beim Essen wegen der Roulade auf ihrem Teller. Wenn sie kochte, gab es meine Lieblingsgerichte: Borscht und Piroggen aus Kartoffelteig mit Quarkfüllung. Ich habe das Rezept nicht, weiß aber, dass die Piroggen viel Arbeit machen. Die Kartoffeln müssen gerieben werden. Schon das hält mich davon ab, das Rezept zu probieren. Und die Schmandbonbons, ein Leckerbissen mit reiner Sahne und später in Kakaopulver gewälzt. Was musste meine Großmutter aufpassen, dass die Schmandbobons nicht auf der Stelle verspeist wurden. Und dann, wenn das Geld am Monatsende knapp wurde, der Graupenbrei, über den braune, flüssige Butter gegossen wurde. Auch meine Kusine in Australien kennt diesen Graupenbrei und mag ihn.

Großmutter, Oma, Granny, Berta habe ich noch ein paarmal weinen sehen. Als mein Vater starb. Warum nicht ich? Ich alte Frau, weinte sie. Als ich mich von ihr losriss und auf die Straße rannte. Von rechts und links kamen Autos. Auch eine Straßenbahn. Großmutter hatte nur noch meinen Handschuh in der Hand. Ich war ungefähr vier. Passiert ist mir nichts, also kein Grund, zu weinen.

Als sie selbst am Ende im Krankenhaus lag und wusste, dass es zu Ende ging. Gott, mein Gott, weinte sie, warum hast du mich verlassen? Ein Bibelzitat, oder nicht?

Nachdem meine Großmutter Lettland verließ, wohnte sie auf dem Bauernhof ihres ältesten Sohnes in der Lüneburger

Heide. Sie war eine fleißige, tatkräftige Frau, konnte anpacken und sich nützlich machen. Ich fütterte mit ihr die Schweine und sammelte Blaubeeren im Wald. Ich streichelte Kühe, die mir mit ihren langen Zungen über die Hände leckten. Vor dem Hofhund hatte ich Angst. Wenn man auf das Plumpsklo draußen musste, bellte er wie verrückt und zog an seiner Leine. Großmutter und ich machten schöne Spaziergänge. Bei einem Schneegestöber verirrten wir uns im Wald.

Man sah nichts mehr, nur noch die dicken Schneeflocken. Wir hielten uns fest an der Hand und waren ratlos. Der Weg war verschwunden, sollte man rechts oder links gehen? Zum Glück tauchte laut miauend die Hofkatze auf und zeigte uns den Weg zurück. Das Schneeerlebnis band uns noch fester zusammen.

Großmutter nimmt Abschied von einigen ihrer Kinder. Die Tochter wandert nach Amerika aus, der Sohn nach Australien. Ein Sohn lebt hinter der Mauer. Eine sich zerfasernde Familie. Bald sprechen die Tochter und der Sohn nur noch wenig deutsch. Und die Mauer fällt erst, als Großmutter längst verstorben ist. Wie kommt man eigentlich mit solchen Entfernungen zurecht, wenn man, wie Großmutter, schon an so vielen unterschiedlichen Orten, mit so vielen Sprachen gelebt hat? Meine Großmutter reist nicht mehr. Ich weiß nicht, ob sie ihre Tochter in den USA und ihren Sohn in Australien wieder gesehen hat. Sie hat uns ja, aber reicht das? Verbaler Kontakt lief über das Tonband. Als Kind konnte ich den lettischen Akzent deutlich heraushören. Tonbänder wurden zu Weihnachten und zu Ostern verschickt. Das waren Festtage, trotz der Tränen in Großmutters Augen. Am schlimmsten waren, am Ende der Aufnahmen – heute sagt man wohl Sprachnachrichten –, die Abschiedsworte. Es gab nichts mehr zu sagen, nichts zu erzählen, aber verabschieden wollte sich keiner. Dann war es still, zu still.

Was bin ich froh, dass meine Großmutter den Krieg in der Ukraine nicht mehr mitbekommen hat. Wie oft hatte sie woanders hinziehen müssen! Damals war Reisen keine Freizeitbeschäftigung, nur harte Notwendigkeit. Eine Irrfahrt durchs Leben. Von Norden nach Osten und wieder zurück. Hin und her, her und hin. Ukraine, Polen, Lettland und good old Germany. Hi, Granny.

Was wäre anders gewesen in meiner Beziehung zur Oma, wenn ich als Kind, als Jugendliche, als junge Frau mehr gefragt hätte? Ich hätte nachbohren, hartnäckiger sein sollen. Jetzt bleibt mir nur noch die Fotokiste, vor der ich manchmal sitze und ein Bild nach dem anderen herausnehme. Da ist ihr liebes Gesicht, der schwarz lackierte Stock, an dem sie in ihren letzten Jahren schon etwas gebückt ging. Da sind auch die schwarzen, gewienerten Schuhe, die fest zugebunden wurden. Und immer wieder die geblümten Kleider mit dem weißen Kragen. Obwohl ich nur Jeans trage, hängt so ein ähnliches Blümchenkleid bei mir im Schrank. Ich kann es nicht wegtun.

Auf diesem Foto sitzen wir nebeneinander in den Cocktailsesseln. Granny legt ihre gefalteten Hände in den Schoß. Mein Konfirmationsbild. Ich grinse in die Kamera, gar nicht so fromm, aber am Mittagstisch bete ich noch. Ich will Großmutter nicht enttäuschen. Enttäuscht habe ich sie dann doch. Sie beobachtet mich vom Fenster aus, wie ich mit meinem

Freund zum Knutschen hinter der Kirche verschwinde. Sie verpfeift mich bei meiner Mutter, und ich kriege richtigen Ärger. Auch das war Großmutter.

Natürlich habe ich ihr längst verziehen. Den Freund habe ich nicht mehr, obwohl das Knutschen hinter der Kirche sehr schön war.

Als meine Großmutter älter wurde und nicht mehr so kräftig auf dem Hof mithelfen konnte, wurde sie in die kleine Mansarde unter dem Dach verbannt. Seitdem schien sie mir unglücklich zu sein.

Meine Eltern machten kurzen Prozess und holten sie zu uns. Sie übernahm das leerstehende Zimmer meines Bruders und richtete sich dort ein. Auf dem Tisch lagen Wollknäuel und Jesusbildchen. Im Schrank hingen ihre Sonntagskleider, die mit dem weißen Kragen. Viele Kleider waren geblümt. Die Stoffe trugen dazu bei, dass meine Großmutter, trotz ihres strengen Knotens, sanft und bis ins hohe Alter mädchenhaft aussah. Dieses schöne, weiße Haar!

Ich vermisse sie.

Es ist da so eine Leerstelle in meinem Leben, aber jetzt bin ich selbst Großmutter, ohne strengen Knoten, ohne Blümchenkleider mit weißem Kragen, und ohne Hut. Ob meine Enkel jemals später, wenn ich nicht mehr da bin, so oft an mich denken werden, vielleicht sogar über mich schreiben werden, weiß ich nicht. Man kann die Zukunft nicht vorausahnen.

Großmutter und ich sitzen in der Abendsonne auf dem Balkon. Abend für Abend entsteht durch Großmutters Hände eine Stola wie schwarze Spitze. Diese Stola ist ganz allein für mich. Ich habe sie immer noch, auch wenn ich sie nicht wirklich gebrauchen kann. Wann, bitte schön, soll ich mir heutzutage eine Stola umhängen? Doch manchmal, wenn ich jetzt auf der Terrasse sitze und es kühler wird, lege ich mir die schwarze Stola um die Schultern. Ich häkele nicht, ich koche nicht den besten Borscht aller Zeiten, aber ich denke an meine Großmutter. Ich denke oft an sie, auch ohne Stola.

Die Abendsonne wirft meiner Großmutter Lichter ins Haar. Das ist glatt nach hinten gekämmt, bis es in dem Haarknoten endet, den mit den durchsichtigen Haarnadeln. Wenn meine Großmutter ins Bett geht, löst sich der Knoten und wird ein dünner, weißer Zopf, der sich wie ein Wurm hinten über den Rücken rollt.

Meine Großmutter hat schöne faltige Haut. Man sieht ihr das Leben an. Was sie gelebt und erlebt hat, zeigt sich auch in ihrer Sprache. Manches verstehe ich nicht. Vielleicht ist es ukrainisch, polnisch oder lettisch. Oder ihre ganz eigene Sprache, die sie sich zusammengebastelt hat, in der langen Zeit, in den verschiedenen Ländern. Nur diese unverständlichen Worte erzählen von ihrem Leben. Direkt erzählt sie mir nichts. Als ob sie etwas zu verschweigen hätte. Als ob die Erinnerungen zu schmerzhaft wären. Ich weiß nichts über ihr Leben, aber ich verbringe die Ferien bei ihr, in der Lüneburger Heide, auf dem Bauernhof. Was war mein Großvater für ein Mann? Auf dem alten Foto sieht er gut aus. Meine Großmutter spricht nicht über ihn. Ich habe so eine dunkle Ahnung, was ihn mit Riga verbindet. Vielleicht geht die Fantasie mit mir durch. Doch es muss einen Grund geben, warum sie nicht über ihn spricht. Hätte ich ihn gemocht? So sehr wie ich Großmutter mochte, liebte?

Während ich diese Fragen aufschreibe, lächelt Großmutter mir zu. Ich sehe sie vor mir in ihrem geblümten Kleid, das die Krampfaderbeine nicht ganz verdecken kann. Sie steckt mir ein Schmandbonbon zu und füllt Borschtsuppe in meinen Teller. Sie hält mir die rot gestreifte Katze hin, damit ich sie streichele. Ich rieche die mit Milch vermischte Kartoffelpampe, die wir den Schweinen in die Tröge kippen. Wie die grunzen und schreien! Großmutter und ich pflücken Heidekraut, das wir zu Kränzen flechten. Beide haben wir so einen Heidekrautkranz im Haar. Wir ziehen unsere Schuhe aus und gehen barfuß durch den Heidesand.

Da war aber auch das Drama mit meinem geliebten Teddy. Der war zwar schon ziemlich schäbig, abgeknutscht, so dass er an manchen Stellen kein Fell hatte. Bei einer Zugfahrt mit meiner Großmutter, wickelte sie den Teddy in Zeitungspapier, damit niemand ihn sah. Wieso schämte sie sich so? Und dann, eines Tages, war der Teddy weg. Später erfuhr ich, dass sie ihn im Ofen verbrannt hatte. Dass sie so etwas tun konnte!

Ich stelle mir vor, wie im Ofen die Flammen nach meinem Teddy greifen. Zuerst züngeln sie an den Pfoten hoch. Die brennen wie Zunder. Dann der Bauch. Noch wendet der Teddy den Kopf weg, doch dann verbrennt auch sein liebes Gesicht. Die Augen starren ins Feuer.

Alle paar Monate stärkt und bügelt meine Großmutter ihr schönstes Nachthemd. Es ist weiß und jederzeit einsatzbereit, wenn der Tod kommt. Als ahnte sie ihn schon. Bei dem Gedanken an meine Großmutter, denke ich auch ab und zu an den Tod. Er legt sich wie schwarze Spitze auf mein Leben.

Ich schaue in den Himmel und sehe schon ein ganz kleines bisschen wie Großmutter aus.

Pamela   Murtas

Zwei Engel für Don Spada

Meine beiden Omas waren von Grund auf verschieden.

Oma Engel war eher eine gemütliche Frau. Sie wohnte bei uns in ihrer kleinen Dachgeschosswohnung und verbrachte ihre Tage nach getaner Hausarbeit am liebsten in ihrem Sessel. Ihre Beine wurden dann auf die Beinschaukel gelehnt, und dann machte sie sich entweder an ihre Kreuzworträtsel oder häkelte ein weiteres ihrer zahlreichen Deckchen. Täglicher Ritus waren eine Banane und ein Glas Wasser mit einer Calcium Magnesium Brausetablette. Das Radio lief bis siebzehn Uhr, dann ging ihr Fernsehprogramm los. Gegen halb Zehn machte sie sich für gewöhnlich bettfertig. Sie ging regelmäßig zur Sonntagsmesse und zum Rosenkranz am Dienstag.

Nonna Angelina hingegen war trotz ihrer kleinen und zierlichen Statur eine starke Frau voller Energie. Sie stammt aus Sardinien und lebte bei meiner Tante in Mailand. Sie wirkte etwas zurückhaltend, verpasste keine Morgenmesse, und sonntags nahm sie sogar an allen hintereinander folgenden Gottesdiensten teil. Ansonsten hörte sie Radio Maria, backte sardische Spezialitäten, aß viele Zwiebeln und naschte heimlich Bonbons oder Eis.

In den Sommerferien ließ Oma Engel es sich nicht nehmen, uns nach Sardinien zu begleiten. Hier gab es zwar keinen Sessel, dennoch einen Liegestuhl auf unserem Balkon, wo es schön schattig war und stets ein angenehmes Lüftchen vorbeizog. Auch hier konnte man gut rätseln, häkeln und die Beine auf einen Hocker lehnen. Die Banane und das Glas mit der Brausetablette befanden sich auch hier neben ihr auf dem Tisch.

Nonna Angelina kam ebenfalls jeden Sommer mit meiner Tante zurück in ihre Heimat und lebte in der Strandwohnung unter uns. Selbst die Hitze des Hochsommers hielt sie nicht davon ab, all die typisch sardischen Leckereien zu backen. Auch wenn die Wohnung zur reinsten Sauna mutierte, so mussten Fenster und Türen dann geschlossen bleiben, denn nur so würde es was werden.

Die beiden älteren Damen konnten zwar nicht miteinander schwätzen, schließlich sprach die eine nur deutsch und hessisch, die andere nur italienisch und sardisch. Dennoch verständigten sie sich auf ihre Weise und mochten sich. Oft spazierten sie gemeinsam, dann hakte sich die eine bei der anderen ein, während ihre freien Hände ihre Stöcke umfassten. Mit ihren großen schwarzen Sonnenbrillen erinnerten sie auf eine schräge Weise an die Blues Brothers. Gemeinsam wackelten sie dann hinunter zum kleinen Hafen, hockten sich dort auf ein Bänkchen und schauten dem bunten Treiben zu. Don Spada, ein Priester der Gemeinde Arbus, zelebrierte im Juli und August sonntags sogar hier in diesem kleinen Küstenörtchen eine Messe, an der beide Damen stets teilnahmen. Und eben ein solcher Sonntag sollte sich als einer der aufregendsten Tage für die Zwei entpuppen.

Oma Engel hatte den Worten Don Spadas aufmerksam zugehört und den Gottesdienst verfolgt. Gut, verstanden hatte sie ja bis auf Amen absolut nichts, dennoch waren die Handlungen dieselben, und so zitierte sie einfach die dazu passenden Worte in ihrer Sprache. Dasselbe tat sie auch bei den Gebeten. Der Predigt konnte sie allerdings nicht gut folgen, weshalb sie schließlich ihren Gedanken nachging und die Leute beobachtete. Ihr Blick fiel auf einen kleinen Mann mittleren Alters, der auf der vorderen Seitenbank saß und augenscheinlich aufmerksam den Worten des Priesters lauschte. Aus irgendeinem undefinierbaren Grund mochte Oma Engel diesen Kerl nicht. Er schien so etwas wie ein Küster zu sein, denn sie hatte ihn bereits die vergangenen Sonntage bei den Vorbereitungen der Messe und beim anschließenden Aufräumen beobachtet. Meist beteiligte er sich auch an den Lesungen, sammelte eifrig die Spenden und half sogar beim Austeilen der Kommunion. Soviel Oma Engel mitbekommen hatte, wurde er Puddu genannt, ob das der Vor-, Nach-, oder Spitzname war, wusste sie allerdings nicht. Aber sie wusste, dass sie Puddu und seine schmierige Art nicht mochte. Er umgarnte ja geradezu Don Spada und schien sich auch bei jedem Kirchgänger einschleimen zu wollen. Kurz vor dem Beginn der Messe hatte sie sogar eine ältere Frau beobachtet, die Puddu einen Geldschein zugesteckt hatte, nachdem sie von dem Mann in ein Gespräch verwickelt wurde. Puddu hatte ihre Hände ergriffen und sie in seine geschlossen, während er ein permanent widerliches, falsches Lächeln an den Tag gelegt hatte.

Dasselbe hatte er bereits letzten Sonntag mit Nonna Angelina versucht, doch zu Oma Engels Vergnügen hatte diese Puddu sogleich mit wenigen brüsken Worten abblitzen lassen. Sie vermutete, dass ihre sardische Freundin den Kerl ebenso wenig leiden konnte wie sie.

Der schrille Gesang einer korpulenten Nonne rief Oma Engel erneut in die Gegenwart zurück. Die Predigt war allem Anschein nach beendet – und hoffentlich auch bald diese schmerzvolle Soloeinlage!

Es folgte die Eucharistiefeier, und schließlich war die Messe fertig. Wie üblich wurde Nonna Angelina von einigen Frauen begrüßt und in ein kurzes Gespräch verwickelt. Oma Engel wusste, dass ihre Freundin noch so lange zu verweilen gedachte, bis auch Don Spada das Gotteshaus verlassen würde, um ihn zu begrüßen und ein paar Worte zu wechseln. Der Priester trat schließlich hinaus, gesellte sich sogleich zu der kleinen Gruppe treuer Seelen und unterhielt sich mit diesen. Oma Engel stand ein wenig abseits von der schwätzenden Gruppe und blinzelte ins Sonnenlicht. Moment mal? Wo war bloß ihre Sonnenbrille? Sie kramte suchend in ihrer Handtasche, als es ihr plötzlich wieder einfiel. Oma Engel seufzte, klopfte Nonna Angelina leicht auf den Arm, deutete erst auf ihre Augen, dann auf das Gebäude, um ihrer Begleitung zu signalisieren, dass sie kurz nach ihrer Sonnenbrille schauen würde. Dann betrat Oma Engel das Gotteshaus, machte sich auf die Suche und wurde fündig. Wie konnte man auch nur so schusselig sein, dachte sie kopfschüttelnd, als sie ihre Brille aus der Ablage ihrer Bankreihe nahm. Nun, wo sie schon einmal hier war, würde sie vielleicht doch noch besser mal aufs stille Örtchen gehen, überlegte sie. Die Toilette befand sich neben der Sakristei, doch bevor sie diese erreichte, hörte Oma Engel plötzlich seltsame Geräusche, die eindeutig aus der Sakristei kamen. Zögernd näherte sie sich dem Hinterraum und spähte vorsichtig um die Ecke. Sie glaubte, ihren Augen nicht zu trauen, als sie doch tatsächlich Puddu erblickte, der gerade damit beschäftigt war, die Geldscheine mit viel Geschick aus dem Spalt der Spendenkasse herauszufischen und in seine Bauchtasche zu stopfen. Abrupt hielt der Mann inne, als ihm offensichtlich bewusst wurde, beobachtet zu werden. Erschrocken riss er die Augen auf, als er Oma Engel erblickte und wurde puterrot. Mit bebender Stimme stammelte er etwas vor sich hin, und Oma Engel meinte die Worte »Signora« und »No« verstanden zu haben.

»Natürlich ist es das, was ich denke, du Dieb, du brauchst es gar nicht erst zu leugnen!«, rief sie aufgeregt und schlug sogleich mit ihrer Handtasche auf den geschockten Mann ein. Dieser hob zunächst abwehrend die Hände, bevor er schließlich los eilte. Oma Engel jedoch schrie, und zwar bei weitem akuter als die schrill singende Nonne, so dass jene, die noch draußen schwätzten, innehielten und sich verwundert umblickten.

Da stürmte auch schon Puddu hinaus. Nonna Angelina reagierte als erste und streckte ihren Gehstock aus, kaum, dass der Mann an ihnen vorbeieilen wollte. Puddu stolperte darüber und fiel der Länge nach hin. Er wollte sich wieder erheben, als Nonna Angelina ihm kräftig mit ihrem Stock auf den Kopf schlug. Benommen ging Puddu erneut zu Boden. Da kam auch schon Oma Engel herbeigeeilt. »Das ist ein elender Dieb!«, rief sie aufgebracht. »Er hat die Kollekte an sich genommen!«

Nonna Angelina blickte erst auf ihre aufgeregte Freundin, die sie natürlich nicht verstanden hatte, dann betrachtete sie den benommenen Puddu und fragte ihn streng und, wie Oma Engel vermutete, auf sardisch: »Ita asti cumbinau?«

»Nudda, nudda!«, rief der Mann kopfschüttelnd und mit abwehrender Haltung, als Oma Engel sich auch zu ihm hinabbeugte und energisch an seiner Bauchtasche zerrte. Puddu versuchte verzweifelt, sich dagegen zu wehren, doch die Bauchtasche löste sich, und einen Augenblick später starrten die Anwesenden auf ihren Inhalt. Mehrere Geldscheine kamen zum Vorschein, genauso wie ein goldenes Armband. Es war die ältere Frau, die Puddu zuvor den Geldschein zugesteckt hatte, die nun auf den Mann losging, kaum, dass sie das Schmuckstück erblickte. Auch wenn Oma Engel keines ihrer Worte verstand, so kombinierte sie schließlich, dass das Armband allem Anschein nach der Frau gehörte und Puddu es offensichtlich ebenfalls gestohlen hatte.

Puddu schien geradezu eingeschüchtert, als die Gruppe strenger Wächterinnen, allesamt mit Gehstöcken bewaffnet, um ihn herumstand und ihn im Auge behielt, während Don Spada die Carabinieri informierte.

Im Nachhinein stellte sich heraus, dass Puddu jeden Sonntag einen großen Teil der Kollekte an sich genommen hatte. Don Spada hatte sich zwar gewundert, dass seine treuen Seelen nicht allzu großzügig zu sein schienen, doch andererseits gab es an diesem kleinen Ort auch nur wenige Kirchgänger, und diese waren vorwiegend Witwen mit keinem großen Einkommen, weshalb er das Ganze nicht wirklich hinterfragt hatte. Der Diener Gottes ließ es sich natürlich nicht nehmen, sich während der darauffolgenden Sonntagsmesse bei seinen

Heldinnen ganz offiziell zu bedanken. Und als er sich sogar mit einem »Grazie signora Engel« an meine Oma richtete, so errötete diese verlegen aber dennoch stolz. Ob es daran lag, erwähnt worden zu sein oder die Worte diesmal verstanden zu haben, das vermag ich allerdings nicht zu sagen.

Michael Schwendinger

Diese beiden wundervollen Menschen

Die Geschichte basiert vollständig auf wahren Begebenheiten.

Ich kannte meinen Opa nur auf einem Wägelchen.

Es war nicht einmal das. Lediglich ein Brett mit vier Rollen, eine Handbreit über dem Boden schwebend. Ohne Beine genügte es ihm.

Ich kannte ihn nicht anders und hinterfragte es nicht. Mein Opa auf dem Brett.

So saß er vor dem Fernseher oder schob sich mit den Armen durchs Haus. Seine Beine hörten gleich nach dem Ansatz auf. Zwei Stumpen, die Hose abgenäht.

Nur zum Essen hob er seinen halben Körper hoch auf die Eckbank, mit einer Kraft, die mich stets erstaunte. Auch für ihn war es längst normal geworden. Seit sechzig Jahren hatte er keine Beine mehr.

Ich liebte ihn. Und Oma liebte ihn.

Bedingungslos.

Ohne die beiden könnte ich nicht diese Zeilen schreiben.

Doch was sich damals zugetragen hatte, erscheint mir fast wie ein Wunder.

Frisch verliebt, verlobt, verheiratet.

Glückseligkeit.

Anfang der 1940er-Jahre.

Doch niemand entkam ihnen. Auch mein Opa nicht.

Russlandfeldzug.

Mein Opa zweiundzwanzig.

Er hat nur ein einziges Mal davon erzählt. Als ich ihn gefragt hatte, warum er auf diesem Brett sitzt.

Die genauen Zahlen verschwimmen in meinem Kopf. Ich glaube, er sagte, einhundertfünfundzwanzig waren in seinem Zug. Nur vier überlebten. Irgendwo auf russischem Territorium.

Es gab keinen feindlichen Beschuss.

Er lief wie seine Kameraden – bis ein Schritt der letzte war, den er im Leben getan hatte.

Die Mine zerfetzte alles.

Ich weiß bis heute nicht, wie er es da herausgeschafft hatte. Ich glaube, er weiß es selbst nicht. In seinem Bericht lag er plötzlich im Lazarett.

Jemand trat heran, sagte: »Der schafft es eh nicht.«

Ein Arzt nahm eine Knochensäge in die Hand.

Oma musste sich vor Angst und Sorge verzehrt haben, da ihr Mann nicht mehr zurückgekommen war.

Also lief sie los. Lief einfach los, ließ alles zurück.

Vom Allgäu quer durch Deutschland. Fragte, wo sie nur konnte, immer den Namen meines Opas auf den Lippen.

Nach wochenlanger Suche fand sie ihn tatsächlich in jenem Lazarett.

Auch das erscheint mir wie ein Wunder.

Und zeigt, wozu Liebe fähig ist.

Diese beiden wundervollen Menschen.

Opa hat sich nie vom Leben unterkriegen lassen. Er hätte ein verbitterter Mann werden können, stattdessen eröffnete er einen Kiosk im städtischen Freibad. Mitten im Leben und im Jauchzen von Kindern, wenn er ihnen ihr Eis überreichte. Ich glaube, mein Opa war der beliebteste Mensch im ganzen Freibad.

Direkt nach dem Krieg zogen Oma und er zwei eigene Kinder groß, meine Mutter und meinen Onkel. Auch sie waren beinahe täglich im Bad. Im Kiosk saß Opa aber nicht auf seinem Brett, sondern auf einem normalen Stuhl.

Einen Rollstuhl wollte er nie. Vielleicht fühlte er sich mit seinem über dem Boden schwebenden Brett geerdet, mit den Händen auf Asphalt, Fliesen oder Teppich.

Sein Auto hatte er umbauen lassen, sodass es ohne Beine zu fahren war. Denn er mochte es, unterwegs zu sein. In einem seltsamen, aber doch so wunderbar normalen Leben.

Wir hatten auch ein seltsames, aber für mich völlig normales Ritual jeden Abend, wenn ich meine Großeltern besuchte. Opas Rücken verkrümmte sich anscheinend durch das viele Sitzen. Als ich ihn kennenlernte, war er schon in seinen Siebzigern.

Und mein Gewicht als Kind war für ihn wohl gerade recht. So legte er sich auf den Bauch. Ausgestreckt, wenn man es so nennen konnte. Dann lief ich über seinen Rücken, auf und ab. Es war ihm eine Wohltat, sagte er.

Leider spürte er dann seine Beine besonders. Das verstand ich lange nicht. Ich glaube, auch heute sind Phantomschmerzen noch ein medizinisches Mysterium. Opa spürte alles. Bis in die kleinen Zehen hinein, die unsichtbaren Zehen, Füße und Beine. Er spürte die Wunden, die Granatensplitter, das zerfetzte Fleisch.

Mir war es ein Rätsel gewesen, weshalb ausgerechnet die Granatensplitter eingerahmt an einer Wand neben seinem Bett gehangen haben. Ein schlichter Rahmen, alles etwa in der Größe eines DIN-A4-Blattes, dann außenherum ein Haufen Orden und militärischer Abzeichen – und in der Mitte die Splitter, die sie ihm wohl aus den abgesägten Beinen überreicht hatten. Sie sahen merkwürdig aus, eher wie ein Grüppchen deformierter grauer Steine.

Immer wenn er schlafen gegangen war, hatte er sie gesehen.

Warum musste er sich täglich an den Grund seines Leides erinnern?

Erdete ihn auch das?

Ich weiß es nicht.

Oma jedenfalls lebte ihr so scheinbar völlig normales Leben mit ihm. Mit so vielen Opfern versehen. Denn ein Leben ohne Beine ist nun eben kein normales. Aber sie liebte ihn, und er sie. Das war alles, was zählte.

Oma bekam in den 1990ern das Bundesverdienstkreuz verliehen, Verwandte mussten sie vorgeschlagen haben. Sie wollte es nicht, nahm es aber in einem offiziellen Festakt an.

Sie verstand auch nicht, weshalb es ihr überhaupt überreicht worden war. Aber ich verstand sie: Für Oma war es normal, alles für ihren geliebten Mann zu geben. Bedingungslos.

Opa starb mit 83. Herzinfarkt. Zum Glück ohne lange Leidensgeschichte. Außer der, die er so lange und so tapfer ertragen hatte.

Oma war zu dem Zeitpunkt 81 gewesen und äußerst rüstig, im Körper wie auch im Geiste. Doch dann nicht mehr. Über Nacht. Man konnte dabei zusehen, wie sie zerfiel. Schon eine Woche nach Opas Tod war sie eine andere, eine völlig andere Oma. Sie erkannte uns nicht wieder, ihre Kinder nicht, mich nicht, niemanden. Und wir erkannten sie ebenfalls kaum noch. Auch äußerlich schien sie in wenigen Tagen um weitere einhundert Jahre gealtert zu sein.

Oma hätte jedes Alter erreichen können, da bin ich mir sicher. Aber Opa und sie waren eine Einheit. Ein Herz und eine Seele, wie man sagt. Das eine kann ohne das andere nicht weiterleben. Darum folgte sie ihm bald nach. Ich glaube, es war richtig so.

Denn so waren sie wieder vereint.

Fenja   Harbke

Uropa Fjell

Opa war weg.

Ganz weg. Für immer weg. Denn Opa war gestorben.

Lukas war unendlich traurig, genauso wie all die Erwachsenen, mit den traurigen und ernsten Gesichtern. Lukas tat es besonders leid, dass er seinen Opa zuletzt an Weihnachten gesehen hatte. Zu den Besuchen zu Pfingsten und zu Mamas Geburtstag hatte er nicht mitkommen wollen. Stattdessen hatte er mit Benni von nebenan gespielt.

»Opa sitzt immer nur in seinem Sessel, wie so ein alter Troll«, hatte Lukas gesagt. Das war gemein gewesen, aber es stimmte. Opa war schon immer grau und faltig gewesen und regte sich in seinen letzten Jahren nur noch, um sich Kaffee und Kuchen aus der Küche zu holen.

Heute gab es auch wieder Kaffee und Kuchen, in Opas Haus, das so voll war wie lange nicht mehr. Viele Erwachsene und alte Leute, die Lukas noch nie gesehen hatte, zwei Sorten Kuchengeschirr und bitter riechender Kaffee. Schon nach einem halben Stück Käsekuchen verabschiedete Lukas sich vom Tisch und zog sich in sein Zimmer zurück.

Natürlich war es nicht sein Zimmer, es war das alte Zimmer seiner Mama, aber er hatte hier übernachtet, als Opa noch nicht der alte, unbewegliche Troll gewesen war. Während Lukas so auf dem Bett saß, erinnerte ihn alles um ihn herum an seinen Opa. Das Buntstiftbild von Lukas, das gerahmt an der Wand hing, die Brettspiele mit vergilbter Schrift und abgestoßenen Ecken, der uralte Computer, den Lukas nur so lange faszinierend gefunden hatte, bis seine Eltern ihn auch mit dem Gerät zuhause spielen ließen, und das vollgestopfte Bücherregal.

Was fehlte, war Opa. Opa, der hereinkam, um nach ihm zu sehen und ihm eine gute Nacht zu wünschen. Opa, der nie müde wurde, ihm vorzulesen oder sich seine Geschichten aus der Schule anzuhören, über die seine Eltern bloß den Kopf schüttelten. Aber Opa würde nie wieder vorlesen oder zuhören. Opa war weg.

Lukas starrte die angelehnte Zimmertür an, mit den Gedanken überall und nirgends. Er bekam noch nicht einmal richtig mit, als seine Mama schließlich den Kopf zum Zimmer hereinsteckte und traurig lächelte.

»Alles in Ordnung, Lukas?«

Er zuckte wahrheitsgemäß die Schultern.

Mama setzte sich neben ihn, das Bett knarrte, und sie legte den Arm um ihn. Sie schluckte schwer, ehe sie die nächsten Worte hervorbrachte.

»Das Wichtigste ist, dass wir ihn in guter Erinnerung behalten.«

»Ich hab ihn zuletzt an Weihnachten gesehen …«

»Hm.« Mama drückte ihn an sich, und halb erwartete er, wieder ihre vorwurfsvolle Ansprache zu hören. Dass Opa sich darauf gefreut hätte, seinen einzigen Enkel zu sehen, dass er traurig gewesen wäre, ihn nicht zu sehen, und dass Lukas es bereute, dass er nicht mitgekommen sei. Mama hatte Recht.

Aber sie sagte es nicht. Nichts von alldem. Stattdessen drückte sie ihn noch fester an sich, langte dann an ihm vorbei in das Bücherregal und zog ein dünnes, blasses Buch, ohne Titel heraus.

»Was ist das?«

Mama atmete tief durch. »Das Buch hat dein Opa mir vorgelesen, als damals mein Großvater gestorben war. Ich war sehr traurig und konnte nicht aufhören zu weinen. Die Geschichte hat mich getröstet.«

Lukas reckte sich und sah zu, wie Mama das Buch aufschlug. Das Papier war alt und vergilbt. Es roch staubig. Die Seiten knirschten, als könnten sie zerbrechen, trotzdem blätterte seine Mama um und neigte sich zu ihm.

»Soll ich dir vorlesen? Wollen wir es versuchen?«

Lukas zuckte die Schultern, und Mama räusperte sich, ehe sie begann.

Diese Geschichte spielt in einem Land namens Norwegen. Es liegt so weit im Norden, dass die Sommer kurz sind und im Winter die Tage immer nur ein paar Stunden dauern. Hier gibt es Berge und Felsen, zwischen denen das Wasser türkisblau fließt. Man nennt diese Landschaften Fjorde.

Und dort, zwischen uralten Wäldern, mit Moos überwucherten Steinen und Gletscherspalten, leben Trolle.

Sie leben dort schon viel länger als Menschen. Und man kann auch nur ganz selten einen Troll sehen, wenn man nachts durch die Berge wandert. Sie sind nämlich menschenscheu und verstecken sich, wenn sie welche bemerken.

Trollkinder sehen genauso aus wie Menschenkinder, bis auf ihren Schwanz, mit dem buschigen Fell am Ende. Manchmal kommen sie zum Spielen in die Täler.

Wenn Trolle aber älter werden, dann wachsen sie weiter und weiter. Noch größer als Erwachsene. Und ihre Haut wird grau und hart, auf ihrem Rücken wachsen dann Moos, Gräser und Blumen. Ganz alte Trolle sind von einem grün überwucherten Felsen kaum noch zu unterscheiden. Das ist der Grund, weswegen man schön leise sein sollte, wenn man zwischen Trollfelsen spazieren geht, damit sie nicht aufgeweckt werden. Sonst kann es passieren, dass sie einen unter ihren riesigen Füßen zerquetschen. Ganz aus Versehen natürlich.

»Ist das ein Kinderbuch?« Lukas kratzte sich hinter dem Ohr. Es gab sogar ein Bild von einem Troll in dem Buch, mit Pilzen und Ranken drum herum. Wie in einem der bunten Bücher von früher.

Vom Wohnzimmer her drang Geschirrklimpern herein und Mama schüttelte schnell den Kopf.

»Nicht ganz. Lass mich weiterlesen.«

Also lehnte sich Lukas an sie und hörte weiter zu.

In dieser Geschichte geht es nun um zwei Trollkinder. Sie sehen nicht viel anders aus als kleine Menschenkinder. Mit ungekämmtem Haar und Dreck zwischen den nackten Zehen. Trolle baden nämlich nicht besonders gerne, sie warten einfach, bis es regnet.

Jedenfalls, der ältere der beiden heißt Mose, und seine jüngere Schwester mit dem geflochtenen Zopf ist Blomst. Jetzt im Sommer, wo die Nächte kurz und warm sind, besuchen sie ihren Uropa im Wald. Zwei Stunden müssen sie dafür einen Berg hinauf kraxeln und hoffen, dass er auch da ist. Der alte Troll wohnt an der Spitze eines Fjordes, an der Küste, wo ihm salziges Wasser ins Gesicht spritzt und er die alten, felsigen Beine ins Wasser halten kann, damit die Fische ihm die Flechten abknabbern.

»Uropa! Uropa Fjell«, rufen die beiden schon von Weitem. Blomst kommt kaum hinterher, als ihr Bruder das letzte Stück rennt, um dem alten Troll in die Arme zu fallen.

Uropa Fjell ist so alt, dass er so groß gewachsen ist wie ein Haus. Seine Haut ist grau und kalt wie Stein. Und überall wachsen Flechten und Moose, unter seinen großen Augenbrauen nistet sogar eine Trottellumme.

»Hallo, meine Kiesel«, begrüßt er die beiden. »Seid ihr meinetwegen den weiten Weg gekommen?« Seine Stimme ist tief und brummt wie ein Nebelhorn, nur leiser.

Mose klettert das felsige Bein hinauf, und Blomst lässt sich von Uropas riesiger Hand auf das andere Knie hinaufheben.

»Erzähl uns eine Geschichte, Uropa.«

»Ja, eine Geschichte.«

Uropa Fjell brummt vergnügt, es knirscht, als er den Kopf schief legt und sich dann entscheidet.

»Na schön, meine Kiesel. Heute erzähle ich euch, wie wir damals den Fjord von Eis befreit haben, als der Winter so hart war, dass er ganz zugefroren war.«

Mit offenen Mündern und großen Augen lauschen die Trollkinder. Denn die Zeit, von der ihr Uropa da erzählt, ist wirklich schon ewig her. Noch bevor die Menschen elektrisches Licht hatten, oder Toiletten. Trolle werden nämlich noch viel älter als Menschen, und so liegt diese Geschichte schon fast tausend Jahre zurück.

Mose und Blomst hören gespannt zu und fordern danach noch eine Geschichte. Und noch eine. Bis sie irgendwann zurückmüssen, damit ihre Trollmama sie ins Bett stecken kann. Uropa Fjell winkt ihnen zum Abschied noch lange nach.

»Besucht mich bald wieder, meine Kiesel.«

Lukas lächelte, vor allem, als er zu seiner Mama hinaufsah, die ebenfalls lächelte.

»Der Troll ist wie Opa, oder?«

»Ja.« Mamas Lächeln wirkte mit einem Mal traurig, bis sie kurz blinzelte und Lukas näher an sich heranzog. »Hat Opa dir auch Geschichten erzählt?«

»Manchmal. So von früher, vom Krieg.« Lukas zuckte die Schultern. »Aber später hab ich ihm erzählt, wie es in der Schule war. Und wie ich mit Benni dieses Rätselspiel gezockt habe, weißt du?«

Mama nickte, räusperte sich und fuhr mit dem Lesen fort.

So geht die Geschichte einige Jahre weiter. Die Trollkinder kommen ihren Uropa regelmäßig besuchen, und bald schon haben sie eigene Abenteuer zu berichten.

Blomst erzählt, wie sie mit ihrer Mutter Brombeeren pflücken war.

»Weißt du, Uropa, die schönsten Beeren wachsen immer so hoch, dass man nicht drankommt. Mama ist zwar ein bisschen größer, aber sie hat sie auch nicht erreicht. Erst als mich Mama hochgehoben hatte, konnten wir zwei volle Körbe pflücken und dann Brombeermarmelade daraus kochen.«

Uropa Fjell lacht, dass Steinchen von seiner großen Nase rieseln. »Das klingt großartig, kleiner Kiesel. Hast du mir welche mitgebracht?«

»Oh …« Blomst legt den Finger ans Ohr. »Daran habe ich gar nicht gedacht. Nächstes Mal, ja, Uropa?«

»Sehr gerne. Ich freue mich schon darauf.« Der alte Troll brummt amüsiert. »Und du, Mose?«

»Ich hab mit den Menschenkindern im Wald gespielt. Und als sie ihren Müll haben liegen lassen, da habe ich sie so tief in die Berge geführt, dass sie sich verlaufen haben.«

Mose grinst breit, aber seine Schwester verschränkt die Arme. »Stimmt doch gar nicht. Nach einer Stunde hast du ihnen wieder den Heimweg gezeigt.«

Uropa Fjell lacht. »So ist es richtig, kleiner Kiesel. Die Menschen verdienen es, ab und zu geärgert zu werden, aber sie sind nicht unsere Feinde.«

»Ja, Uropa.«

Die kleinen Trolle erzählen noch vom Midsommar, und dass sie Nissen fangen wollen, im Winter. Ihr Uropa nickt und fragt neugierig nach, und die Kinder versprechen ihm, bald wiederzukommen. Das versprechen sie ihm jedes Mal, und trotzdem wartet Uropa Fjell jedes Mal länger, ehe er die Trollkinder wieder sieht. Sie haben eben viel zu tun.

Lukas sagte nichts. Er starrte an die angelehnte Tür und lauschte Mamas Worten. Worte, die sich anfühlten, als müsste eigentlich Opa sie vorlesen.

Mama stupste ihn an. »Weiter?«

»Was sind Nissen, Mama?«

»Das sind kleine, skandinavische Kobolde mit spitzen Mützen.«

Lukas nickte. Mama sah ihn weiterhin an. Als müsste Lukas noch etwas sagen, doch er dachte nach. Daran, dass er zu beschäftig gewesen war, um Opa zu besuchen. Daran, dass er sich an Opas Geschichten von damals kaum noch erinnerte, obwohl Bunker und Kriegsflugzeuge darin vorgekommen waren.

»Weiter, bitte«, brachte er schließlich mit heiserer Stimme hervor, und Mama nickte.

Mit großen Geschichten kommen die Trollkinder zurück. Von geretteten Elchherden, einer Hochzeit und der beseitigten Verschmutzung in einem Gletschersee. Und Uropas Kiesel sind längst keine Kiesel mehr. Inzwischen sind sie mehrere Meter hoch, und ihre Haut ist ledrig und blassgrau. Man würde sie längst nicht mehr mit einem Menschen verwechseln.

Mose ist ein erwachsener Troll geworden, mit Moos im Haar und auf dem Rücken. Er kümmert sich viel darum, wie es um den Fjord und die umgebenden Wälder steht.

»Die Straßen der Menschen kreuzen mehr und mehr unsere festen Wanderwege. Beide Seiten müssen sich wohl oder übel etwas anpassen. Wenn die Menschen durch die Berge wollen, sollen sie Tunnel graben. In die hohen Berge wagen sie sich nur manchmal.«

Seine Schwester Blomst hakt ein. »Sie werden lauter. Mindestens einmal die Woche schrecke ich aus meinem Mittagsschlaf auf. Es muss daran liegen, dass es inzwischen so viele Menschen gibt. Und wenn sie gehört werden wollen, dann müssen sie eben lauter sein.«

Blomst langes Haar hängt ihr wie begrünte Zweige von ihrem Kopf herunter. Hinter ihrem Ohr haben Vögel ein Nest gebaut, und die beiden Trolle haben noch etwas, das sie ihrem Uropa stolz präsentieren wollen.

Der alte Fjell hört ihnen geduldig zu, lächelt, nickt und brummt. Er ist steinalt, bewegt sich nur selten, und seine Füße sind längst im Kies des Fjordes verbuddelt. Seine Augen sind müde, die Falten tief wie Felsschluchten, doch er schaut auf seine Urenkel, bis diese noch eine letzte Neuigkeit haben.

»Schau nur, Fjell. Wir haben beide unsere erste Blume.«

Blomst deutet auf ihren Scheitel, wo zwischen Zweigen und dickem Haar eine kleine, gelbe Blume sprießt. Auch Mose hat so eine, sie wächst auf einer Schulter.

Uropa Fjell brummt zustimmend, und der Fels knirscht, als er nickt. Mose reckt stolz die Brust. »Wir werden endlich erwachsen, Fjell.«

»Warte nur, wie viele Blumen wir nächstes Mal haben werden«, fügt seine Schwester hinzu.

Der uralte Troll brummt, und sie winken ihm, als sie bei Tagesanbruch wieder nach Hause müssen.

Mama machte eine Pause. So lange, dass Lukas sie schließlich anstieß.

»Weiter, Mama. Ich will wissen, wie es ausgeht.«

Mama drückte sich die Hand vor den Mund und nickte, ohne ein Wort heraus zu bekommen. Im Esszimmer wurde gelacht und die Stimmen schwollen an. Und das, obwohl doch alle so traurig waren, dass Opa nicht mehr da war.

»Entschuldige, Lukas.« Mama zog die Nase hoch, was sie sonst nie machte, setzte sich gerade hin, und ihre Stimme brauchte ein paar Worte, ehe sie nicht mehr zitterte.

Die Geschichte endet später. Viel später.

Die Urenkel des alten Trolls sind beschäftigt. Mit wichtigen und unwichtigen Dingen. Es scheint fast, als hätten sie ihren Uropa vergessen. Schließlich raufen sie sich zusammen und gehen ihn besuchen. In der Morgendämmerung. Sie haben nicht viel Zeit, aber sie wollen nach dem alten Troll sehen.

Blomst merkt gleich, dass irgendetwas anders ist. Mit schief gelegtem Kopf steht sie da, streicht das grün überwucherte Haar zur Seite und wartet darauf, dass der große, trollförmige Fels sich regt.

Mose läuft zu ihm hinüber, tätschelt sein Knie und seinen Arm.

»He, Fjell. Wir kommen, um dich zu besuchen.«

Zögerlich fügt Blomst hinzu, »Und wir wollten dir von den Schiffen erzählen. Sie werden bald hier vorbeifahren, dann kannst du den Menschenschiffen zusehen.«

»Uropa?«

Der uralte Troll regt sich noch immer nicht. Das wäre furchtbar unhöflich gewesen, wenn es nicht einen einfachen Grund dafür gegeben hätte. Uropa Fjell war gänzlich zu Fels geworden. So, wie es den Trollen am Ende ihres Lebens ergeht. Sie werden immer größer, langsamer und unbeweglicher. Nun gab es Uropa Fjell nicht mehr, nur noch einen Berg, dessen Ausläufer ins Wasser ragte.

Blomst weinte, und Mose strich über den kalten, unbeweglichen Felsen.

Dann nahm Mose seine Schwester bei der Hand und sie stiegen den Berg hinauf, der einst ihr Urgroßvater gewesen war. All die Jahrzehnte, die sie ihn besucht und mit ihm Geschichten ausgetauscht hatten, waren sie nie dazu gekommen, die Wiese auf seinem Rücken zu bestaunen.

Die Sonne kroch über den Horizont und all die Blüten öffneten sich. Von oben war Uropa Fjell ein Meer aus Gelb und Grün.

Frühe Hummeln schwirrten umher, und die Trolle standen staunend im hohen Gras.

Blomst flüsterte ehrfürchtig. »Ich wusste nicht, dass Uropa Fjell so schöne Blumen wachsen lässt.«

»Weißt du was«, Mose bückte sich und hob mit seinen Händen eine der Pflanzen vorsichtig aus dem Boden. »Die hier will ich mitnehmen, damit ich immer etwas von ihm bei mir habe.«

»Au ja.« Blomst grub auch eine der gelben Blumen aus. »Und ich hoffe, dass wir auch einmal so schöne Berge werden, wie unser Uropa Fjell.«

»Opa ist weg«, sagte Lukas laut. »Genauso wie der Troll in der Geschichte.«

Mama nickte bloß. Dann schloss sie das alte Buch und drückte es an ihre Brust.

»Aber er ist immer irgendwie da … das verstehe ich nicht ganz.«

»Naja«, Mama lachte, streckte sich, um das Buch zurück ins Regal zu schieben und verschränkte ihre Finger ineinander, dass ihre Ringe knirschen. »Wenn ein lieber Mensch geht, dann lässt er auch immer etwas zurück.« Sie wischte sich mit den Fingern über das Gesicht, immer und immer wieder, bis Lukas bemerkte, dass sie weinte.

Eilig kletterte Lukas über das Bett und zog aus, dem Kästchen auf dem Nachttisch, eines von Opas Stofftaschentüchern hervor, um es Mama in die Hand zu drücken.

»Danke, Lukas.« Sie lächelte wieder, aber ihre Lippen zitterten. »Ich kann noch nicht ganz fassen, dass er jetzt weg sein soll. Für immer.« Sie atmete laut aus.

Lukas setzte sich wieder neben sie, zog die Beine an und

hörte die Stimme seines Onkels deutlich durch das Stimmengewirr aus dem Wohnzimmer. Dann schaute Lukas mit gehobenen Brauen im Zimmer umher.

»Lässt Opa sein ganzes Zeug zurück? Das Haus und … und mein Bild, und den alten Computer?«

Jetzt musste Mama wirklich lachen. Sie putzte sich das Gesicht mit dem Taschentuch, faltete es vorsichtig und schob es in ihre Tasche. »Auch, aber darum geht es nicht. Opa hat dir immer vorgelesen, oder?«

Lukas nickte.

»Das sind schöne Erinnerungen. Und die Dinge, die er dir und mir beigebracht hat, all die Geschichten. Und nicht zu vergessen, all die Liebe, die er uns geschenkt hat. Die gibt es immer noch, auch wenn er nicht mehr da ist.«

»Verstanden.« Lukas grinste Mama an, bis sie wieder lächelte. »Sollen wir wieder zurück zu den anderen gehen? Ich hab meinen Kuchen noch nicht aufgegessen.«

»Einen kleinen Moment noch. Ich möchte noch kurz mit meinem kleinen Troll hier sitzen.« Sie zog Lukas vorsichtig an sich, bis er sich beschwerte.

»Aua, Mama. Du kannst mich wieder loslassen.«

Widerwillig ließ Mama ihn gehen, und Lukas stand auf. Als Mama sich nicht rührte, reichte er ihr die Hand. »Nehmen wir das Buch bitte mit nach Hause? Als Andenken an Opa?«

»Natürlich, Lukas.«

Lukas zog das alte Buch aus dem Regal, drückte es an seine Brust und nahm es mit nach Hause. Dort stand es lange, lange Jahre in seinem Regal, bis er es wieder brauchte.

Maximilian   Wust

Ein betagter Beutel

Paulu war alt.

49 Sommer zählte er, 49,9, wenn man es ganz genau nahm, und hat dabei alles erlebt, was man wohl für ein Leben erleben musste: Er hatte ge-, und zehn Jahre später wieder entheiratet, eine Quarter-, und vor kurzem die Midlife-Crisis überwunden, und war jetzt mit einer Mittzwanzigerin zusammen, die das aus irgendeinem Grund unbedingt sein wollte – also »*Beziehungsstatus: in einer Beziehung*«. Aber bevor er sich mit ihrem Vaterkomplex auseinandersetzen oder ihn einfach genießen würde, wurde es jetzt Zeit für Antworten.

Paulu, kurz für Paul-Ludwig, kam an das Haus, das sein Grova angeblich persönlich erbaut hatte. Zugegeben, die Fachwerkfassade mit den Flaschenböden-Butzenscheiben wusste Eindruck zu schinden, wirkte aber neben den modernen, weißen Neubauten wie ein alter Mann in einer Grundschulklasse. Es fehlte nur noch Kutsche und Zierbrunnen im Vorgarten.

Das Innere – in das man mit Leichtigkeit hineinkam, denn Grova glaubte nicht an Schlösser – wirkte genauso, als hätte es sich ein Zeitreisender in der Hansezeit gemütlich gemacht, mit Flachbildfernseher im Hühnerstall.

Grova saß wie zumeist in der *study*, die winzige, aber reich gefüllte Bibliothek im ersten Stock. Früher hatten dort zeitlose Klassiker die Regale gefüllt, vor ein paar Jahren waren sie Mangas gewichen. Statt Ledereinbänden gab es dort nun weiße Buchrücken mit quietschbunten Titeln.

Zwischen ihnen saß der Stammhalter, sein Näschen in ein Büchlein gesteckt … das anscheinend *»Meine Wiedergeburt als Schleim in einer anderen Welt«* hieß, damit auch wirklich jeder wusste, worum es ging.

Rein äußerlich ließ sich Grova am besten als Männchen beschreiben. Er war klein, etwas über 1,60 groß, schmächtig und mit einem Gesicht gesegnet, das immer zu lächeln schien. Im Allgemeinen wirkte er wie jemand, der erst neulich von einer Fliege im Wrestling besiegt worden war: unbedrohlich, ungefährlich, mit abstehendem, schneeweißem Haar.

»Wir müssen reden«, eröffnete sein Enkel Paulu und setzte sich gegenüber in den Sessel.

Sein Stiefgroßvater erwiderte das zuerst mit einem Nicken. »Ich weiß. Für Isekais bin ich wirklich zu alt und auch nicht Hikikomori genug. Aber sie geben mir einfach den besten Einblick in die Hierarchien der fernöstlichen Phantastik. Wusstest du, dass Schleime als die niedersten Monster gelten?«

»Ich habe wie immer keine Ahnung, wovon du redest, Grova.« Wieso beschäftigte er sich auch mit Mangas? Konnte er nicht wie alle alten Menschen Briefmarken sammeln, verwackelte Selfies auf Facebook posten und rechte Propaganda nachsagen, als wäre er Goebbels Papagei gewesen?

Grova legte den Comic zur Seite, der dem Cover nach um einen blauhaarigen Mädchenjungen ging und seufzte. »Was ist das Problem, Paulu?«

»Deine Ziehtochter liegt im Krankenhaus, vielleicht zum letzten Mal.«

»Aber nein. Tamara ist jedoch ein sehr zähes Persönchen und wird bald schon wieder gesund sein. Oder worauf willst du hinaus?«

»Sie ist 79.«

Was er nickend abtat. »Sie hat sich erst sehr spät für Kinder entschieden.«

»Ich meine: Sie ist eine alte Frau!«

»Und dafür bin ich dankbar. Gesunde Kinder sind das schönste Geschenk, das uns das Leben machen kann, und ich liebe sie mehr als mein linkes Auge. Oder wirke ich distanziert? Glaube mir, lieber Enkel, das bin ich nicht. Auch wenn Tamara nicht meine leibliche Tochter ist, so habe ich ihr vom ersten Tag an nichts als Liebe gegeben. Ich brachte ihr bei, wie man Frösche weitwirft, Schilf zu Luftballonen flechtet und lehrte ihr sogar den geheimen Plural von Butter. Und aktuell besuche ich sie jeden Tag.«

Paulu schüttelte den Kopf. »Darum geht es nicht! Mama – deine Tochter! – hatte einen altersbedingten Schlaganfall.« Er seufzte und beschloss, an einem anderen Punkt anzufangen: »Groma hat uns erzählt, dass sie Vierzig war, als sie dich kennengelernt hat. Und dass du sogar damals schon nicht mehr der Jüngste gewesen wärst.«

»Der Trick ist gutes Essen. Meine Profiteroles haben bereits Königinnen verführt. Und Groma war eine Naschkatze, die sogar Hatschepsut in die Schranken verwiesen hätte.«

»Groma starb mit 79.«

»Viel zu früh. Ich trauere bis heute furchtbar um sie.«

»Deine Frau wurde vor zwanzig Jahren beerdigt!«, erklärte sein Stiefenkel so laut, dass man ein grammatikalisch falsches Ausrufezeichen dahinter setzen musste.

Grova nahm einen furchtbar tiefen Atemzug, als würde er sämtlichen Sauerstoff des Bundeslandes unter seiner Brust komprimieren wollen. »Worauf willst du eigentlich hinaus?«

»Du musst inzwischen wirklich alt sein! Ich meine: Hundertzwanzig Jahre und mehr! Alt genug für einen eigenen Wikipedia-Eintrag. Der Bürgermeister müsste dir eigentlich jedes Jahr zum Geburtstag gratulieren.«

»Ach, du kennst mich doch: Ich mag keine große Aufmerksamkeit. Eine Geburtstagstorte genügt mir. Eine mit Mangocreme wäre das nächste Mal nett.«

Was Paulu nun mit einem Knurren zu erwidern wusste. »Kannst du bitte aufhören, mir auszuweichen?«

»Tue ich doch nicht«, erklärte sein Großvater, stand auf und bedeutete ihm zu folgen. »Aber sowas bespricht man nicht zwischen lauter Mangas.«

Damit hatte er Recht.

Wie alle, die vor der Generation der Baby Boomer geboren wurden, so besaß auch Grova mehr Räume als er bewohnen konnte. Deshalb stattete er sie mit Zwecken aus, die manchmal wie verzweifelt wirkten: Unter dem Dachboden gab es beispielsweise ein Malzimmer, einen Vogelbildersammelraum – weil beide seltsam großes Interesse an den Tschilpern der

Region hegten –, ja sogar ein Grummelarium für Ehestreits und eben ein Denkzimmer:

Dieses war lang genug, um darin auf- und abgehen zu können und die Wände mit abstrakten Gemälden bedeckt, die nichts und doch alles darstellten. Ansonsten gab es einen Sessel, einen Stuhl und ein Bücherregal – in dem entgegen des Namens keine Bücher, sondern Alkoholika zu finden waren, um das Getriebe der Gedanken notfalls ein wenig zu ölen.

Grova fischte ein paar Flüssigkeiten aus dem Regal und hielt Paulu plötzlich ein Glas mit einer schäumend-gelben Flüssigkeit hin. Darin wirbelte sogar noch eine Cocktailkirsche. »Ein Whiskey Sour. Das ist der Manga unter den Drinks.« Für diesen Scherz fiel wahrscheinlich gerade ein Barkeeper tot um.

Großvater und Stiefenkel setzten sich.

»Wieso bedeutet es dir so viel, wie viele Jahre der alte Sack auf dem Buckel hat?«, fragte Ersterer.

»So würden wir dich nie nennen.«

»Dann eben der betagte Beutel.«

Das brachte Paulu zum Schmunzeln – unfreiwillig. Grova nahm das Leben nie zu ernst und das war tatsächlich seine große Stärke. Sogar wenn ein Atompilz in der Ferne aufgestiegen wäre, hätte er noch angemerkt, »dass man nun wirklich übertrieb« und dann seinen Kaffee gesalzen, für die Extraportion Jod.

»Wie alt bist du?«, musste Paulu aber nun insistieren. »Jetzt mal konkret.«

»Das habe ich längst vergessen.«

»Dann machen wir es an Ereignissen fest: Hast du den Zweiten Weltkrieg erlebt?«

166

Grova wippte mit dem Kopf. »Erlebt ist vielleicht das falsche Wort. Damals wurde mir hier etwas zu viel herumgebrüllt. Diese ganzen Parolen, die eingeworfenen Fenster und all das haben mich nachts wachgehalten. Außerdem mag ich keine Vergleiche von wegen, welches Volk das Beste ist. Jedes hat seine Stärken und Schwächen: Die einen machen tolle Bürokratie, die anderen dafür besseres Essen und wieder andere den besten Wein. Sowas sollte man sich abschauen, anstatt sich deshalb zu bekämpfen. Seit diesem Geplärre damals hasse ich die Politik!

Und weil ich nicht gerne dabei bin, wenn die Menschheit wieder ihre Radikal-Eskalationen betreibt, habe ich mich nach Venezuela abgesetzt, bevor es hier dann so richtig gekracht hat. Wie der Krieg ablief, konnte ich dort nicht mal in der Zeitung verfolgen. Was aber auch daran lag, dass ich zuvor nur Portugiesisch gelernt hatte und zu meiner Überraschung feststellen musste, dass sie in Caracas am liebsten Spanisch sprechen«, erklärte er und kicherte.

»Dafür war das Essen phänomenal, die Landschaft ein Gedicht und die Frauen ... *impresionantemente hermosa*. Wäre ich ein paar Zentimeter größer gewesen, hätten sie sich vielleicht auch für mich interessiert. In Südamerika lernt man außerdem Farben zu schätzen: Dort gibt es nicht einfach bloß Grün oder Rot oder Blau, sondern mehr Nuancen: Ein gefährliches Grün, ein verwegenes Blau, ein erotisches Rot, grüne Ehrlichkeit, rote Hilflosigkeit und so viel mehr. Deswegen gehen dort auch so viele Maler hin.«

Paulu fragte sich, ob Grova gerade scherzte oder das Alter mit ihm durchging. Aber er wirkte so seltsam klar und ehrlich. »Wie alt warst du damals?«

»Hm«, grübelte dieser. »Ein paar Jahre bevor dieser Schreihals mit dem furchtbaren Schnurrbart die Macht im Deutschen Reich an sich gerissen hat, musste ich für eine Beerdigung nach England: Der Sohn eines guten Freundes war spontan mit 71 Jahren verstorben. Wie hieß dieser Lackel nochmal? Arthur, glaube ich, Arthur Doyle. Den kannte ich fast sein ganzes Leben lang, also waren es wohl … dreißig Jahre?«

»Arthur Doyle, wie in: Arthur Conan Doyle? Der Autor?«

»Der Arzt! Er hat ein paar Geschichten geschrieben, von einem Detektiv im viktorianischen London, aber doch nur nebenher. Hat gern in der Vergangenheit geschwelgt, der Gute, von der großen Zeit der Dampfmaschinen und Entdecker.«

»Sir Arthur Conan Doyle hat nicht darin geschwelgt, *er hat sie erlebt*, Grova!« Paulu versuchte immer noch, das irgendwie einzuordnen … und zu fassen. »Wie –? Woher kanntest du ihn?«

»Er war für mich eher wie ein Neffe. *Gekannt* habe ich vor allem seinen Vater Charles, diesen unglückseligen Aquarellisten. Der hat sein Leben lang hart dafür gearbeitet, Berufsmaler zu werden und wurde am Ende einfach nur unglücklich. Armer Kerl. Ich verstehe bis heute nicht, warum die Evolution überhaupt noch Künstler hervorbringt, wenn die sich doch meist als familiäre Sackgassen entpuppen. Die müssten längst aus dem Genpool gesiebt worden sein.

Das habe ich auch mal diesem bärtigen Wie-hieß-erdoch-gleich nach einer seiner Reden erklärt – du weißt schon, dieser Kerl, der beweisen wollte, dass Menschen vom Affen abstammen. So wie sich manche aufführen, hätte ich ihm aber das auch schon ohne Kieferknochen- und Schädelformanalyse sagen können«, scherzte Grova.

»Du hast auch Charles Darwin gekannt?«

»Du immer mit deinem Kennen! Ich habe einmal mit ihm geredet, und auch nur für eine Minute oder so. Wirklich gekannt habe ich, wie gesagt, Arthurs Vater!«

»Und woher?«

Worauf sich der alte Mann plötzlich ziemte. »Das ist mir jetzt ein bisschen peinlich: Er war mein Zimmergenosse in Sunnyside. Das ist so eine Nervenheilanstalt in Schottland gewesen, glaube ich. Wir wurden beide wegen Depressionen eingeliefert. Und ja, die hat man 1885 noch in Irrenhäusern geheilt, also beziehungsweise schlimmer gemacht, denn geheilt wurde da drin wirklich niemand.«

»Das wird ja immer verrückter.«

»Ach, hör doch auf! Die Depression kam ja nicht von irgendwoher! Weißt du, ich wollte zuvor eigentlich nur eine gute Freundin in Frankreich besuchen: Jacqueline, die Tochter eines Brauers. Mein Plan war, mich ein bisschen fröhlich zu trinken, gute Gesellschaft zu genießen und vielleicht ein-, zweimal in die Oper zu gehen. Kaum war ich jedoch angekommen, musste ich feststellen, dass Jacqueline bei der Geburt ihres vierten Kindes gestorben ist – das war damals leider relativ normal –, und statt einer Brauerstochter mit guter Laune gab es nur noch ihren Sohn Maximilien, der Lächeln für Zeitverschwendung hielt.

Der Apfel fällt nicht weit vom Stamm, heißt es ja immer, aber in seinem Fall muss ein starker Wind gegangen sein: Maximilien des Robespierre, so hieß er mit vollem Namen, war ein verstocktes, dauernd unzufriedenes Anwältchen, das jedem erklären musste, wie man zu leben hätte. Er hat dann einige Holzköpfe um sich geschart, die das auch gerne taten und auf einmal angefangen, andere um ihre zu erleichtern – also, ihre Köpfe. Die haben ein gutes Jahr nichts anderes gemacht!«

»Sprichst du jetzt von der Französischen Revolution?«

Grova wippte wieder mit dem Köpfchen. »Ja, nein, vielleicht. Es war eher ein politischer Kurswechsel mit viel Geschrei und Tod.«

»Das versteht man unter einer Revolution.«

»Ach, von mir aus. Ich wollte einfach nur ein Bier trinken! Stattdessen gab es Aufstände und rollende Runkeln. Was man dann gestoppt hat, indem man gegen das Deutsche Kaiserreich in den Krieg zog. Wie auch immer das funktionieren sollte. Danach bin ich verständlicherweise ein bisschen depressiv geworden und es hat auch nicht geholfen, mich nach Schottland abzusetzen. Seitdem hasse ich die Politik!«

Paulu schnaufte kopfschüttelnd. »Auf die Gefahr hin, dass deine Geschichte noch seltsamer wird: Wieso bist du damals nach Frankreich?«

Wofür Grova wieder tief Luft holen musste: »Oh, das ist kompliziert: Weißt du, ein paar Jahre zuvor waren die Spanier über so einen Landstreifen zwischen Europa und Asien gestolpert, den man dann nach so einem mentalen Stuhlbein – einem echten Langeweiler eben – namens Amerigo Vespucci benannt hat. Aber nicht Vespuccia, sondern … Amerika? Kann das sein?"

»Du warst also auch schon bei der Entdeckung Amerikas mit dabei?«

»Ach iwo. Als ich damals zu dieser Urlaubsinsel zwischen

Grönland und Japan gesegelt bin, ist sie schon seit gut dreißig Jahren bekannt gewesen. Jedenfalls hatte ich zu dem Zeitpunkt schon ein bisschen zu lange in Europa gelebt und brauchte dringend einen Tapetenwechsel, also dachte ich mir, verbringe ich mal ein, zwei Sommer auf dieser mysteriösen Insel im Atlantik.

Eine Weile lang war es dort auch ganz nett. Nach einer Ewigkeit als Mönch und dann als Klugschwätzer an der Universität von Rom, machte es direkt Spaß, mal wieder mit den Händen zu arbeiten. Wir haben damals ganze Straßen in einem Monat aus dem Boden geklopft. Und es fühlte sich gut an, aus dem alteuropäischen Trott rauszukommen.

Aber dann hatten die Reichen von Vespuccia – oder wie nannte man es nochmal? – keine Lust mehr, Steuern zu zahlen und mussten das etwas übertrieben mit ihren Chefs klären; also mit Trompeten, Gewehren und Kanonen. Und weil mir das schon immer aufs Gemüt schlug, bin ich nach Frankreich. Seitdem hasse ich die Politik!«

Paulu rieb sich enerviert die Schläfen. Er tat das schon seit einer ganzen Weile, so dass er bald befürchtete, sich bis zum Gehirn durchzukneten. »Grova, weißt du eigentlich, wie weit das zurückliegt?«

»Fünfzig Jahre?«

»Setz noch eine Null dahinter!«

»So lange schon? Wie die Zeit vergeht, nicht wahr? Eben noch streitest du dich mit König Otto, und auf einmal sitzt du in einem Boot nach Vespuccia.«

»König Otto?«

»Nicht der Comedian, sondern der andere: Otto der Große – so hat man ihn genannt, obwohl er eigentlich ganz normal groß gewesen ist. Der war damals, als man Reiter noch in Stahl verpackt hat, König von so ein paar Städten entlang dem Rhein. Und der Elbe. Und der Donau.

Otto jedenfalls hat sich viel mit seinem Sohn gestritten, wegen Thronfolge und so Gewese. Der rief dann wiederum die Magyaren, so ein Reitervolk aus Ungarn, damit es ihm auf Papas Stuhl helfen würde. Bezahlt hat er es mit Plünderungen. Ging übel aus, mit vielen Toten, und am Ende saß so ein schüchternes Ding namens Theophanu auf dem Thron. Wusstest du, dass mal eine Türkin als Kaiserin über Deutschland geherrscht hat?« Er schmunzelte. »Was wohl aus ihr geworden ist?«

»Sie ist gestorben …«

»Was? Wirklich? Hast du ihre Todesanzeige in der Zeitung gelesen oder woher weißt du das?«

Paulu schnaubte. Er hatte das nun lange genug mitgemacht. Und so interessant es gewesen war, seinen Stiefgroßvater von vergangenen Zeitaltern schwelgen zu hören: »Grova, es – es kann einfach nicht sein, dass du über eintausend Jahre alt bist!«

»Bin ich auch nicht.«

»Sondern?«

Grova führte seinen Stiefenkel zum Speicher hinauf. Zum ersten Mal seit 49,9 Jahren betrat Paulu das Reich unter der Dachschräge … und lernte dabei, dass sein Stiefgroßvater dahinter ein ganzes Museum verborgen hielt. In Glaskästen, Glasschränken und Glasvitrinen sammelten und präsentierten sich mehr Relikte und Artefakte als in so manchen Ausstellungen: Paulu erkannte eine ganze Reihe von diesen überkompensierten Buttermessern (namens Schwerter), mit denen man früher Diskussionen eskalieren lassen hatte, daneben Stechstöcke (auch Speere genannt) und sogar mehrere von diesen einsaitigen Nadelstöckchenwerfern, die wohl Bögen heißen. Ja, er war absolut kein Experte für vorsintflutliches Verletzungsgerät.

Dafür aber erkannte der Bankkaufmann Münzen; genug für eine ganze Rotte an Sparschweinen: Euros, Dollars, den Rubel und den Yen, die gute, alte D-Mark, Dublonen aus der Piratenzeit – oder wie man sie wirklich nannte –, mittelalterliche Groschen … und Ringe.

»Was ist das für eine Währung?«

»Die Schekel der Sumerer«, erklärte Grova. »Davor waren es Gerstenkörner.«

»Was sind das hier alles für Dinge?«

»Vor allem solche, von denen ich dachte, dass ich ihn irgendwann nochmal brauchen könnte. Aber ja, mit der Erfindung des Faxgeräts wurde der Speer ziemlich obsolet, das gebe ich zu.«

Paulu ließ sich auf einen uralten Stuhl sinken – auf dem wahrscheinlich schon Parmenides gesessen hatte. »Das ist jetzt ein bisschen zu viel.«

Was sein Grova mit verständnisvollem Nicken erwiderte und sich ebenfalls setzte – auf den Schemel des Gilgamesch oder eines Zeitgenossen. »So geht es mir schon die ganze Zeit. Weißt du, wie mein Leben normalerweise ausgesehen hat? Ich stand auf, wenn die Sonne aufging und legte mich schlafen, wenn sie wieder versank. Ich ging jagen. Oder suchte Wurzeln, pflückte Beeren, baute Hütten und gerbte Felle. Im Winter wanderten wir nach Süden, wo es wärmer war; im Sommer folgten wir den Tieren in den Norden.

Alles war damals so statisch, ging schon immer seinem festen Gang. Man lebte, wie die Vorfahren vor hunderttausend Jahren gelebt hatten und die Nachkommen in hunderttausend Jahren leben würden. Zwei. Millionen. Jahre. Lang.

Bis dann auf einmal jemand damit anfing, Samen in die Erde zu stecken, damit er die Pflanzen später mampfen konnte. Das war vor so fünfzehntausend Sommern etwa. Danach ging alles furchtbar schnell. Plötzlich gab es Metall, Buchstaben, Buchstaben in der Mathematik, die Atombombe und Phonk-Musik. Wenn man die Menschheitsgeschichte auf vierundzwanzig Stunden zusammenstaucht, sind diese ganzen *großen* Dinge – wie Ackerbau, Strom und Internet – in den letzten zehn Minuten passiert. Deswegen wirke ich manchmal neben der Spur. Ich habe mich noch nicht an die Schrift gewöhnt und ihr fangt gerade an, sie durch Youtube-Videos zu ersetzen!«

Paulu wimmerte. Was sollte er auch sonst tun? »Wieso ist das keinem aufgefallen?«

»Das mit den Youtube-Videos? Das fällt vielen auf, vor allem den Leuten auf Youtube. Aber –« Paulu wollte gerade wieder ein »*Das nicht!*« fauchen, als Grova selbst den Kurs seiner Antworten korrigierte: »Man sollte regelmäßig umziehen. Kleine Neuanfänge säubern das Gehirn, hat Wernher von Braun mal gesagt – als ich ihn fragte, woher er diesen schicken NASA-Kugelschreiber hätte.«

»Grova, das musst du publik machen! Du könntest die Geschichtsforschung revolutionieren!«

»Ach iwo, beim meisten Teil der Geschichte war ich ja nicht mal dabei. In China bin ich zum Beispiel nur einmal gewesen, und auch nur, weil ich Kublai Khan nach einem

Kochrezept fragen wollte. Und bei den Azteken war ich auch erst zu Besuch, als sie bereits Mexikaner hießen und richtig guten Tequila gebrannt haben. Weißt du, was man in meinem Alter wirklich will?«

»Also, wenn man auf den zweimillionsten Geburtstag zugeht?«

»Frieden, gute Musik und eine Mangocremetorte zum Geburtstag. Glaub mir, sobald du deine ersten Hunderttausend hinter dir hast, wirst du das verstehen.«

Paulu schnaubte. »Wie kann man überhaupt so alt werden?«

»Gesund essen, früh ins Bett gehen.«

»Die meisten sterben trotzdem spätestens mit Achtzig.«

»Mit Acht…?«

»-zig! Eine Acht mit nur einer Null.«

»Potztausend!«, hauchte Grova überrascht. »Manchmal sieht man halt den Wald vor lauter Bäumen nicht mehr. Dann sollte ich wohl besser meinen Hausarzt anrufen. Hippokrates lebt immer noch in Athen, oder nicht?«

Tanja   Schwibinger

Die Armee der Zehntausend

Ich kann hier nicht für mich alleine sprechen. Um Tag für Tag Luises Leben begleiten zu können, traten wir im Plural auf. Meine Truppe und ich waren stets gegenwärtig und ließen sie den Kopf in den Wolken tragen. Allein hätte mich meine Puste im Höchstfall nach zehn Minuten verlassen, länger währte meine Lunte nicht.

Gegen ihre 86 Jahre war das quasi nichts.

In den ersten Weltkrieg hineingeboren, wiederholte Luise ihre Geschichte, als sie ihre jüngste Tochter zu Beginn des zweiten Auftaktes irrsinnigen Machtstrebens in diese unwirtliche Welt setzte, und Hunger, Bombenangriffe, Heimatlosigkeit überstand. Sie zog ihre beiden Töchter allein mit ihrer Hände Arbeit groß, indem sie anderen Menschen die Haare frisierte. Den Ehemann an einen gottlosen Krieg verloren, kämpfte sie sich durch ihr Leben und improvisierte, und konnte doch ihren Kindern oftmals kein ausreichendes Essen oder warme Kleidung bieten. Ein Trost war, dass ihr die Mutter zur Seite stand. Sie bezogen zusammen eine kleine Wohnung und bildeten eine Art Schicksalsgemeinschaft. Das war nicht immer einfach. Was sie jedoch eindeutig miteinander verband, war nicht nur der Verlust des Ehemannes, sondern wir. Unsere Garnison schien ihren gemeinsamen Nenner zu bilden, denn jede einzelne von uns entschärfte mit ihrem Ritual ungemütliche Situationen und schuf eine sanftere Stimmung.

Das machte uns schon ein bisschen stolz.

Über all die Jahre hinweg standen wir ihnen in Reih und Glied bei. Wenn nötig, ließen wir ein wenig Privatsphäre in der Enge entstehen und machten sie füreinander unsichtbar, indem wir sie in unseren Smog hüllten, bis die Wände bernsteingelb eingefärbt waren.

Da wir ohne jegliche Individualität auskamen – man konnte ja die eine nicht von der anderen unterscheiden –, überraschte es uns nicht sonderlich, dass auch bei der Namensgebung Uniformität vorherrschte; der Vorname Luise wurde an Urgroßmutter und Großmutter weitergegeben und war selbst in die Mitte der drei Vornamen der älteren Tochter eingebettet. Er fühlte sich auch recht wohl zwischen Herta und Sophie. Um dieses Luise-Knäuel etwas zu entwirren, nannten sie die Urgroßmutter Jimmy.

Wir haben nie begriffen, woher dieser Kosename kam und was für eine Bedeutung er hatte.

Wir schlichen uns in Luises Dasein, als sie in jungen Jahren den ganzen Tag im Friseursalon arbeitete, und statt eines Pausenbrotes, unsereins zwischen den Fingern hatte, die wir sie so gut es ging von ihrem quälenden Hunger ablenkten. Sie meinte, nichts anderes zu haben, und hielt deshalb so eisern an uns fest. Das ging eine lange Zeit so, bis dass sie sich an uns gewöhnt hatte und es genoss, sich mit uns zu umgeben. Das erste Bataillon an ihrer Seite hieß LUX, Jahre später wechselte sie zur Kompanie LORD und ließ sich nun von dieser Staffel in ein schöneres Dasein entführen. Die letzte Truppe, die die Illusion von Ruhe und Frieden in ihr aufkommen ließ, hieß TAWA. Sie leistete Luise Gesellschaft, als sie schon ins Pflegeheim eingezogen war.

An ihre ältere Tochter gab Luise nicht nur ihren Vornamen an zweiter Stelle weiter, sondern vererbte ihr auch die Leidenschaft für uns. Herta schenkte uns ihr Augenmerk und wir füllten ihre Pausen mit einer Regelmäßigkeit wie die Perlen ihrer Halskette, jeden Tag aufs Neue. Die von ihr bevorzugten Regimente hörten auf den Namen ATIKA und ERNTE 23.

Zum Leidwesen der Enkel hatte sie auch den hohen Konsum der Mutter übernommen. Mit der Folge, dass den Kleinen, denen ohnehin das Autofahren nicht sonderlich gut bekam, mit einem erneuten Schnipp des Feuerzeuges auf dem Fahrersitz ihr Unwohlsein quittiert wurde und es zu weiteren Übelkeitsanfällen auf der hinteren Sitzbank kam.

Mit CAMEL schließlich konnte sich Herta nicht anfreunden und entschied sich dafür, die Schachtel für immer zu schließen.

Und alle atmeten auf.

Doch Luise war uns Zeit ihres Lebens treu, und wir hielten ihr ebenso die Stange. Sie ging nie fremd, holte auch nie Bruder Alkohol mit auf die Polstergarnitur, nein, den verabscheute sie zutiefst. Doch den Filterkaffee liebte sie dafür fast genauso wie uns. Wenn sich der Kaffeeduft mit unserem Dunst vermählte, ließ diese Zwangsehe unsere Eifersucht doch in einem matteren Licht erscheinen und wir gaben schweren Herzens nach.

Süßigkeiten haben Luise nie sonderlich gelockt, sodass sie immer schlank war und nicht so recht ins Bild einer Oma passte. Wir haben sicherlich mit unserer ganz eigenen Art und Weise dazu beigetragen, dass sie kaum Gewicht zulegte, um damit Gemütlichkeit auszustrahlen. Sie liebte uns so sehr, dass sie gerne auf alle Eigenschaften, die sonst eine gute Großmutter auszeichneten, verzichten konnte. Wir sahen eine Frau, die keinerlei Attribute einer warmherzigen Oma vorwies. Keine leicht füllige Dame mit einem rundlichen, freundlichen Gesicht, Dutt auf dem Kopf und in die ewige Kittelschürze gehüllt. Nein, so war Luise nicht. Statt dieser leicht rauen, warmen Hände, die ihren Enkeln über die Wange rubbelten und die an ein frisches Brötchen erinnerten, klemmte immerfort eine von uns zwischen ihren klammen Fingern.

Wir waren wie füreinander geschaffen: Unsere schlanke Gestalt passte perfekt zwischen ihre zarten Finger. Von da aus konnten wir selten beobachten, dass sie in ihrer burschikosen Art über einen Kinderkopf wuschelte. Sie gehörte nicht zu den Omas, die einen tröstlichen Duft nach Backwerk ausströmen. Nach Zimt und Karamell. Davon war sie so weit entfernt, wie der Ascheeimer neben dem Kamin. Den einzigen Geruch, den sie großzügig an ihre Familie verschenkte, war unser Qualm. Meine klonartigen Schwestern und ich haben sie nie dabei beobachten können, dass sie mal einen Kuchen gebacken hätte. Auch kochen war nicht so ihre Leidenschaft und die seltenen Resultate schienen nicht zu überzeugen, wie wir an den Gesichtern ihrer Familie ablesen konnten. Überhaupt trafen wir sie nicht sonderlich oft am Herd an.

Dicht nebeneinander gedrängt, konnten wir aus der geöffneten Schachtel heraus, die ständig auf der Anrichte im Flur lag, einen Blick auf die Haustür riskieren. So nahmen wir bei einem Besuch den Stimmungswechsel der Kinder wahr, wenn sie von der Oma in Empfang genommen wurden. Wenn sie ihre kleinen Nasen voller Hoffnung auf gebackene Kekse oder gar eine Torte schnuppernd in die Höhe hoben, sich mit leuchtenden Augen in der Wohnung umsahen und im nächsten Augenblick traurig den Kopf senkten: Es war wieder nichts zu erwarten. Manchmal fanden sie einen Ingwerbonbon in einer der Schubladen, der dort schon seit Jahren zu kleben schien, das war auch schon alles.

Denn wir waren Luise einfach zu wichtig, saßen Seite an Seite mit ihr auf der Couch, waren so dicke miteinander, da passte kein Blättchen zwischen. Dort hielt sie sich stundenlang auf und löste Kreuzworträtsel, ihre Lieblingsbeschäftigung, in die sie so vertieft war und nicht mitbekam, dass sich an unserem Ende das Rot der Glut in graue Asche verwandelte. Und auf ihre Hose rieselte.

Auch wenn sie sich eine neue von uns ansteckte, ließen wir uns bröselweise auf ihre Hosenbeine fallen und rutschten von da auf das Sofa, um uns in die Ritzen zu verkrümeln, wo wir uns mit unseren Ahnen wiedertrafen. Manchmal überlebten wir hier versteckt noch viele Jahre. Wenn sie uns dagegen mit einer acht- und gedankenlosen Bewegung von ihrem Hosenbein auf den Boden wischte, machte uns der Staubsauger bei seinem nächsten Rundgang den Garaus. Tatsächlich beschmutzen wir immer nur ihre Hosen – Röcke oder Kleider trug sie nie.

Wenn sie nicht rätselte, kauerte sie auf dem Boden und knüpfte Läufer oder Brücken. Eine Fertigkeit, die sie als Friseurin erlernt hatte, um Echthaarperücken herzustellen. Dazu wurden immer nur zwei bis drei Haare zusammengefasst und durch die Maschen der Haube gezogen, damit das Gesamtkunstwerk einem Haarschopf täuschend echt erschien. Diese Tätigkeit erforderte einen langen Atem, und manchmal vergaß sie uns sogar dabei.

Auch das Knüpfen der Teppiche erforderte Geduld, sie konnte sich auch später noch stundenlang damit beschäftigen. Ein Charakteristikum, mit dem sie ihren Enkeln gegenüber nicht aufwarten konnte. Immerhin brachte diese Arbeit ihre Durchblutung in Gang und taute die Eiseskälte ihrer Hände auf.

Hätte sie das Glück gehabt, in den künstlerischen Zwanzigerjahren ihr junges Erwachsenenalter unbeschwerter genießen zu können – dem Lichtblick zwischen den beiden dunklen Zeiten –, hätte sie mit uns sicherlich auf einer langen, eleganten Zigarettenspitze das Paffen zur Kunstform entwickelt. Wenn sie am Abend am Kamin saß und dabei gedankenverloren ins Feuer blickte und fast darin versank, konnten wir sie vor unserem geistigen Auge nahezu plastisch sehen: Auf dem Stuhl säße sie mit geradem Rücken, schaute die eine von uns an, indem sie mit schwarzumrandeten Augen den Blick von den Flammen hob. Schwarzes, anliegendes Haar, glatt zu einem perfekten Bubikopf frisiert, mit einer Sonnenbrille, obwohl kein Licht blendete. So stellten wir sie uns vor, ein Antlitz wie eine Muse. Wie wir ihre Hand sähen, ruhend auf der Stuhllehne, die lange Zigarettenspitze aus Perlmutt zwischen den schlanken Fingern, könnten wir nicht sagen, ob wir noch wachen oder schon träumen. Doch sie säße still da, blutrote Lippen öffneten sich und entließen einen perfekten Ring aus Rauch, bis er sich auflöste und in Schlangenlinien zur Decke kräuselte.

Doch nein, so prätentiös, fast schon ätherisch, war Luise nicht in ihrer bodenständigen Art. Zudem wäre es ihr unmöglich gewesen, diesen Mopp aus blonden Schillerlocken zu einer glatten Frisur zu bändigen. *Karakul,* bezeichnete sie sich scherzhaft selbst, wenn sie an einem Spiegel vorüberging.

Wir haben sie getröstet, die ganzen Jahre ihres Lebens, und vor allem ihres späteren Alleinseins, als ihre Mutter Jimmy gestorben war. Als Kriegerwitwe hatte sie die meiste Zeit ihres Lebens ohne Partner verbracht; vor allem ihre jüngste Tochter Irene litt bis ins Alter darunter, ohne Vater aufzuwachsen.

Erst Ende 60 lernte Luise einen anderen Witwer kennen, mit dem sie noch einige Jahre bis zu dessen Tod zusammenlebte.

Doch wir würden unsere teuren Leiber dafür verwetten, dass sie die unseren lieber berührte als den seinen, und dass sie uns mehr Aufmerksamkeit schenkte als allen anderen Menschen in ihrer Umgebung.

So war sie auch ihren Nachkommen gegenüber nicht besonders zugewandt. Vor allem, wenn sie die jüngste Enkelin ihrer Tochter Irene in Augenschein nahm, bemerkten wir ein Misstrauen. Im Sommer steigerte sie sich sogar in eine leichte Feindseligkeit hinein, die wir, in Absprache, als wir uns in der geschützten Dunkelheit der Packung unterhielten, darauf zurückführten, dass das Mädchen vom Hauttyp nicht in diese Familie zu passen schien. Das Kind nahm unter der Sonne sofort Farbe an. Statt eines blonden Schopfes schüttelte sie sich ihr braunes Haar aus dem Gesicht und schaute ihre Oma treuherzig mit so dunklen Augen an, dass Luise die Pupillen nicht von der Iris unterscheiden konnte.

Nicht so arisch, wie die anderen Mitglieder ihrer Familie ausgefallen waren. Luise konnte nach Jahren der Indoktrination mit dem braunen Gedankengut der Nationalsozialisten nicht aus ihrer hellen Haut heraus und ein bunteres Weltbild zulassen.

Deshalb unterstützte Luise ihre Tochter Irene nur ungern – die zwar in ihren drei Vornamen ausnahmsweise keine Luise versteckte, doch immerhin den gleichen Beruf erlernt hatte wie die Mutter –, indem sie an deren Arbeitstagen die Kinderkarre mit der kleinen, brünetten Enkelin widerwillig durch die Straßen des Ortes schob.

Zu ihrem Leidwesen bekam sie dabei fortwährend den gleichen Satz von den Nachbarinnen zu hören: Sie müsse dem Kind doch mal die Augen waschen, damit sie genauso himmelblau erstrahlten wie ihre, denn die seien ja noch ganz schwarz.

(Über die permanente Anwesenheit einer unserer Kameradinnen in Luises linker Hand hörten wir seltsamerweise nie einen Kommentar.)

Deshalb bremste Luises Lächeln jedes Mal haarscharf vor ihren Augen ab und zog in seiner jähen Abwärtskurve die Mundwinkel mit sich, wenn wieder ein Arbeitstag Irenes anstand, und sie diese ungeliebte Enkelin am Hals hatte. Dieses

Lächeln umflorte ihre Augen nicht und welkte so schnell, wie es aufgeblüht war, wenn sie sich eine von uns zwischen ihre zusammengepressten Lippen klemmte.

Konflikte mit ihren Töchtern löste Luise, indem sie spontan eine überzeugende Unpässlichkeit an den Tag legte, um sich dann in aller Ruhe mit uns Genossinnen zurückzuziehen und die Welt außen vor lassen zu können.

Luise verbrachte ihre Tage fortwährend in unseren Nebel gehüllt. Falls sie jemals noch andere Wünsche in ihrem Leben gehabt hatte, ist es bei diesem Lippenbekenntnis geblieben; sie hat sich zurückgelehnt und eine von uns aus der Schachtel geschüttelt, in ihren Mundwinkel gesteckt und zu den Zündhölzern gegriffen. Sie hat ihrer Familie gegenüber nie ihre Träume oder Lebensziele offenbart. Sie hat nichts darüber verlauten lassen, ob ihr Dasein für sie soweit lebenswert gewesen war, oder ob sie etwas darin vermisst hatte. Sie starb recht ruhig und zufrieden, hatten wir den Anschein. Aber dieser Schein konnte trügen. Wer weiß schon, was tief im Innern eines Menschen vor sich geht, der viel Schreckliches in den Kriegswirren erleben musste.

Ich kann nur hoffen, dass wir Glimmstängel trotz allem, was wir nachweislich im Gepäck haben, ihr das Leben etwas angenehmer gestalten konnten. Vielleicht sah sie es durch unseren Qualm wie durch einen Weichzeichner in ein milderes Licht getaucht, und er machte die Welt für sie zu einem freundlicheren Ort.

Erstaunlicherweise hat die unablässige Anwesenheit durch uns Kippen Luises Gesundheit nichts anhaben können. Auch ihren letzten Atemzug stieß sie uns zu Ehren, in eine rußende, schmauchige Wolke gehüllt, aus, um sich aus dieser Welt zu

verabschieden – ein abschließender Gruß quasi an alle Sarg-
nägel ihres langen Lebens gerichtet.

Schlussendlich bleibt mir nur noch zu sagen:

Asche zu Asche, Staub zu Staub, liebe Luise.

Tränenstaub
Novelle

Klappentext:

Der junge Windhund Cielo kämpft darum, unter der Sonne Spaniens zu bestehen. Täglich muss er sich auf der Hasenjagd seinem Herrn beweisen. Doch als dieser Cielos Schwester verkauft, bestätigt sich die Ahnung des jungen Rüden: In seiner Welt gibt es keine Sicherheit. Kurz darauf verletzt sich Cielo auf der Hatz und sein Besitzer bringt ihn zu einem abgelegenen Ort, an dem dunkle Gestalten auf ihn warten. Und mit ihnen der Geruch des Todes ...

Eine philosophische Novelle über den Schmerz und die Endlichkeit des Lebens, aber auch über das Loslassen und den Neubeginn.

»Außergewöhnlich. Tiefgründig. Mitreißend.« Alsara

ISBN: 9783756218967

Überall im Buchhandel erhältlich.
Mehr: www.nadine-buch.de

Unter fernen Wolken
Roman

Klappentext:

Evelyn führt nicht das unbeschwerte Dasein einer normalen Vierzehnjährigen, sondern muss putzen, kochen und den restlichen Haushalt schmeißen. Sie lebt mit ihrem Vater allein in einem bescheidenen Mietshaus in einer Kleinstadt. Davon abgesehen, dass ihr Vater dem Alkohol verfallen und nach der Arbeit aufgrund dessen nicht mehr ansprechbar ist, hat sie auch noch Pech in der Liebe. Nur ihre beste Freundin Maja hilft ihr, den Alltag zu überstehen. Eines Tages findet Evelyn jedoch einen an sie adressierten Brief in einer Schublade, der ihr Leben auf einen Schlag verändert.

ISBN: 9783757811846

Überall im Buchhandel erhältlich.
Mehr: www.nadine-buch.de

Rauschen der Vergangenheit
Psychothriller

Klappentext:

Die Bilder auf dem Smartphone sind eindeutig: Du hast es nicht nur wieder getan, sondern auch gemordet.

Deine Erinnerungen sagen nichts über die Wahrheit aus. Auch nicht darüber, ob du nun ein Kind geboren hast oder nicht. Und wenn doch: Wo ist es?

Wer ist das Mädchen am Telefon, das dich eindringlich um Hilfe bittet? Wem gehört das Blut auf dem Handy, und wer ist der Unbekannte auf den Fotos, der dich zu kennen scheint?

Die Parameter der damaligen Ausschreibung von Sebastian Fitzek lauteten: »Du findest ein fremdes Handy mit Bildern von dir darauf, und du hast ein dunkles Geheimnis.« In diesem Werk sind meine drei Kurzgeschichten vereint, die es damals in das E-Book »#wirschreibenzuhause: 100 Quarantäne-Kurzkrimis« der Droemer Knaur Verlagsgruppe geschafft haben.

ISBN: 9783758364068

Überall im Buchhandel erhältlich.
Mehr: www.nadine-buch.de

Hand und Pfote – Tierarztgeschichten
Anthologie

Klappentext:

Was hat ein nächtlicher Anruf bei einem Tierarzt zu bedeuten? Wer klingelt nach Feierabend und Sonnenuntergang an der Praxistür? Wie endet der Kampf mit einem Kater auf dem Behandlungstisch, und schaffen es die Tiere vom Land der drohenden Impfung zu entkommen?

Diese und weitere Geschichten rund um die Tiermedizin erwarten euch in diesem Buch. Mal sind sie aus Sicht des Patientenbesitzers, mal aus der des Tierarztes, der Tiermedizinischen Fachangestellten oder des Tieres selbst erzählt. Freut euch auf spannende, heitere oder nachdenkliche Beiträge, verfasst von unterschiedlichen Autoren.

ISBN: 9783758300936

Überall im Buchhandel erhältlich.
Mehr: www.nadine-buch.de